U0826152

一亩书店
COFFEE
STAMPS

VLO9
DAVE
FULTON

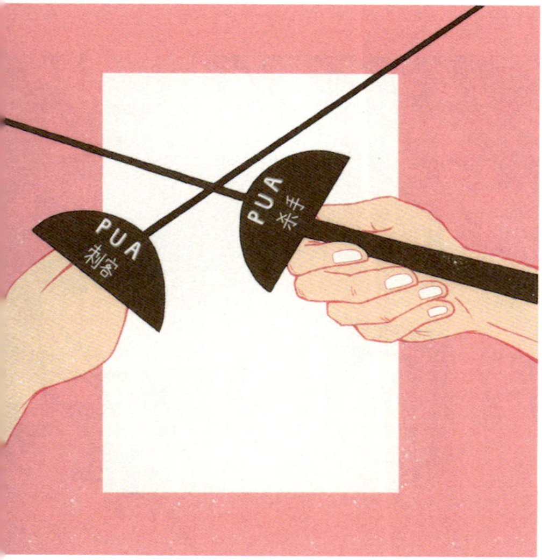
PUA
刺客
PUA
杀手

Hotel
浪浪旅馆

HOLLYWOOD
04:00AM

灵魂MAKER
畅销书
灵魂See

网红养成记

吴清缘 著

四川文艺出版社

图书在版编目（CIP）数据

网红养成记 / 吴清缘著. -- 成都 :四川文艺出版社, 2019.8
ISBN 978-7-5411-5444-7

Ⅰ. ①网… Ⅱ. ①吴… Ⅲ. ①短篇小说－小说集－中国－当代 Ⅳ. ①I247.7

中国版本图书馆CIP数据核字（2019）第135531号

WANGHONG YANGCHENGJI

网红养成记

吴清缘 著

责任编辑 彭 炜
封面设计 叶 茂
内文设计 史小燕
责任校对 蓝 海
责任印制 唐 茵

出版发行 四川文艺出版社（成都市槐树街 2 号）
网 址 www.scwys.com
电 话 028-86259287（发行部） 028-86259303（编辑部）
传 真 028-86259306

邮购地址 成都市槐树街 2 号四川文艺出版社邮购部 610031
排 版 四川胜翔数码印务设计有限公司
印 刷 成都市金雅迪彩色印刷有限公司
成品尺寸 128mm × 185mm 开 本 32 开
印 张 9.25 字 数 150 千
版 次 2019 年 8 月第一版 印 次 2019 年 8 月第一次印刷
书 号 ISBN 978-7-5411-5444-7
定 价 48.00 元

版权所有 · 侵权必究。如有质量问题，请与出版社联系更换。028-86259301

目录

网红养成纪事

身为一名功成名就的网红，他却敢于戳破虚伪的画皮，

在血与火的杀伐中，寻找生命本真的纯粹……

1

“准备好了吗？”

我面前的男人，黑框眼镜，大脸肥唇，眼睁一线。

我右拳紧握，郑重地点了点头。

“说出你的梦想。”男人喷出一口烟，“大声点，说出来。”

我咽一口口水，环顾四周，写字楼的格局，总是一个又一个蜂巢般的隔间，透过半透明的屏风，人影婆娑。

男人前臂探出，拍向我的肩膀：“别在意他们，你的梦想，就是他们坐在这里的原因。”

我深吸一口气，气沉丹田，闭上眼睛，眼前浮现出一轮红日，万丈光芒化作热流直贯心扉，感觉七窍生烟，眼睛、鼻孔和嘴巴同时张大：“我——要——红！”

声音振聋发聩，余音绕梁，格子间的人们充耳不闻。“恭喜你，”男人递过一支烟，“人生一小步，网红一大步。”

我不抽烟，连忙摆手；男人右手倏忽探出，将烟架在我的食指和中指之间。

“从现在开始，”男人眼神肃杀，“你抽烟，而且，抽女烟。”

2

我叫吴厘，男，27岁，年薪20万，内环房2套，黑色桑塔纳1部，微博粉丝11个。

除了同学、同事和我的亲戚，现实中认识我的人不超过20个。这非常遗憾，我是那么酷炫一人，然而没人认识我。

我想红，目的单纯：我要他们认识我，不论性别年龄物种。百度“怎么红”，点开链接，广告云集——卖球鞋的，卖内裤的，网页游戏1刀9999级的，在成堆的广告里，几个黑体大字，如出水芙蓉般脱俗：**网红打造一条龙**。

7个大字下面，是4行细密的小字：

这是看脸的时代，
更是不要脸的时代，
想成为网红？
请扫描二维码！

对焦，扫码，页面跳转，跳出一个微信号，昵称“大红”；头像白底，一个醒目的“红”字。

我叫大红。对方说：要红，还是要脸？

我回：要红。

半分钟后，对方发来一个地址：A街23号，面谈。

3

“毫无疑问。”大红说，“你，长得丑。”

我耸耸肩，不置可否。大红朝3点钟方向的格子间打了个响指，一个扎小辫的男青年走过来，手持单反，没有一点点防备，突然按下快门，插拔读卡器，我的脸出现在我面前的屏幕上——脸大如盘，鼻梁扁平，嘴唇肥厚；突然被拍，所以眼神四分惊惶，六分猥琐，眉头皱起，满额头抬头纹。

扎辫青年回到座位，键盘鼠标一阵响。10分钟后，屏幕上又出现一张脸——下巴如锥，鼻梁挺拔，眼神湿润得可以拧出水来。

“这是你。”大红说。

我凝视着这张脸，发现确实和自己有着极微妙的相似——我的右眼有三颗痣，互成犄角，拱卫眼球；现在，这三颗痣点在这张几近完美的脸上，位置分毫不差。

“标准网红脸。”大红按动鼠标，屏幕上照片切换，是连着三张同样锥脸高鼻的脸。

“小纪，辛苦了。”大红切回我的照片，“你看前面那仨，本尊也不咋样，小纪PS成那样，两分钟；然而你，居然破了小纪的纪录。”话音刚落，竖起三根手指。

“3分钟？”

“不，2的三次方，8分钟。”

我凝视着屏幕上的这张脸，心生憎恶。这是嫉妒，我嫉妒这个无中生有的“我”。

“毕竟天真。”大红嘀咕一句，手指向我，“这人是谁？”

“我。”

大红手指向屏幕：“这人是谁？”

“我？”

“所以，”大红指指屏幕，又指指我，“谁，就是，谁？”

“我就是我？”

“很好！”大红一击掌，“我就是我，是颜色不一样的烟火。”

“我就是我——”我重复一遍，不小心唱出来，“什么意思？”

“唱！”大红甩手，指挥起来，“唱一百遍！”

唱了一百遍，用时10分钟。10分钟后，我凝视屏幕中的男人，心生喜悦——毫无疑问，屏幕上的我就是我，如假包换。

大红在键盘上运指如飞，两分钟后，这张照片成为微博头像，微博昵称“无厘欧巴”。

“这是你的账号。”大红说，“初始密码，‘我要红’的全拼，小写，连着三遍。”

“记住了。”

“好的。”大红说，话音未落，手掌并拢，伸向门口。我转身离开，跨过门槛，大红打了个响指：“周六上午8点到晚上8点，小纪会来你家。”

4

小纪拎着相机，几乎一声不吭。我们坐着拍，站着拍，躺着拍，穿着浴袍拍，只穿内裤拍，各种体位和造型，一应俱全。

拍照的日子里，我没发过一条微博，“无厘欧巴”的粉丝数稳定在两位数。第十天，大红发给我9

张照片，要我8点20分发微博。照片都是同一人，右眼眼角长着三颗痣，或嘟嘴，或含勺，或半裸，搔首弄姿，各具情态，配文是3个字，两头加话题符号——#*我美吗*#。

连续一周，我以同一句配文发了99张照片。我涨了一些粉丝，平均每天十多个，是真粉。有时会有评论，偶尔可见转发，有人说我美，有人骂我傻帽。我问大红可不可以换句话，大红只回我两个字：听话。

我以为这就是网红之术，不免有些失望。晚上8点20分，例行公事发完照片，开一盘DOTA。推塔的时候，手机不停震动，好像有很多消息推送过来；又过一会儿，铃声乍响，是大红来电："快去刷微博！"

"等会儿！"我说，"再等5分钟，马上要一波推了！"

"你推，你再推。"大红的声音平静下来，"大不了，我们不做了。"

我悚然一惊，这句话杀伤力爆表。大红开的价码是5万，支付首款1万，事成之后，支付尾款4万。如果他们现在放弃，我的网红之路便戛然而止，而1万块也打了水漂。

“好，我马上！”

我伸长胳膊，取过放在茶几上的iPad，单手推塔，单手打开微博，登时手抖如筛糠——1561个@，936个评论，3234个赞，2123个新粉丝。

“转发名单前三名，是我们包装的网红。”大红说，“百万粉丝，真粉率百分之七十，童叟无欺。”

网红一条转发，自带转发500多条，赞数1000多个。一个叫“使徒女”，转发的同时，带上一个链接；一个叫“紧张璐”，图片转发，图片是一副指甲；还有个叫“留一手”，洋洋洒洒写满140字，打了负分，还要我“滚粗”。

“你要和你的粉丝互动。”大红说，“我私信你9张截图，配文还是那3个字，现在发。”

截图是微博评论，从上到下，清一色一个“丑”字。

“什么情况？”我点击发布，心情忐忑。

“一种策略，效果拔群。”大红说，“我们有一批水军，以固定评论刷出队形，人心从众，会跟风扩大队形。”

大红说话的时候，我发的9张截图已经收获了几十个“丑”。唯独一个女孩破坏了队形，她的评论是两个字，显得分外突兀——约吗。

约啊。我想，接着点了个赞，深藏功与名。

5

我上传了一张照片，照片上的我正在吃饭。我左手拿刀，右手拿叉，桌子正中是一盏红烛，火苗性感。对于旁观者来说，我身处的地点，是一家颇为高级的西餐厅。

然而并不是，这张照片是小纪在半个月前为我拍的，就在我平时吃饭的圆台面上铺了块桌布，而红烛是为了遮挡对面人家的晾衣竿。

再比如这张喝咖啡的照片，我手持咖啡杯，眼神慵懒，坐姿妩媚。我身边架着一摞书，硬壳精装，封面涂满英文。然而咖啡杯是空的，而那堆“外国原版书籍”，其实是一沓用外文书封面为皮的创意笔记本，翻开任何一本，全都空空如也。

在每一个大红关照的时间，我秀我生活的方方面面，而每周又会有三次大V支援。久而久之，网友晒照片时，也都会纷纷附上话题*#我美吗#*。

*#我美吗#*成为热门话题，而我作为话题主持人，粉丝数水涨船高，一个月后，突破10万。

在粉丝数逼近10万的时候，我不停刷新页面，在10万的瞬间截图留念，就在我按下截图快捷键的刹那，大红打来电话："恭喜你进入网红的初级阶段，接下来，你将进入高级阶段。"

"我都10万粉丝啦，难道还是初级阶段？"

"夜郎自大，井底之蛙！10万粉丝不过九牛一毛！"大红干咳一声，"明天下午5点，办公室见。"

6

"你要养条狗。"大红说，他看我的眼神，像在看条狗。

"为什么？"

"听话。"

"我对狗毛过敏。"我说，"一看见狗，就打喷嚏。"

"你不用真养狗。"

"啊？"我心里一惊，眼睛一亮，"装？"

"装。"

"装……装作有一条狗？"

大红点头。

"哪来的狗？"

大红指向小纪："小纪的哈士奇，叫'皮卡丘'，纯血，赛级。"

小纪"嗯"了一声，面对屏幕，目不转睛。"独居青年与狗，非常吸粉的搭配。"大红托着腮帮，"接下来，跟我学做菜吧。"

"请人来做？"

"不必。我家保姆厨艺一流，每天早餐不重样，我动筷之前，照片拍了发你。"大红舔舔嘴唇，"你有狗有手艺有颜值，现在，还缺什么？"

"女……女朋友？"

"一个三线网红，姓李，名芳，英文名

Angelacandy。来我这儿比你早，30万粉丝。”大红说完，把手机递过来——屏幕上的脸，鼻梁高耸，下巴前翘；正噘起小嘴，红唇似火。

7

Angelacandy本人非常漂亮，眼睛比照片里还要大上一分。我们每个月见一次面，每次准备至少三套衣物，在不同的地点，小纪拍下我和她各种亲密的姿势，照片后期各裁一半，分别发有对方的部分。我们之间只有两句对白，就是在见面的时候，我说的是“hello”，Angelacandy则是“你好”。

我不再发自己的照片，转而晒我的狗和菜，我的皮卡丘装疯卖傻，我的华夫饼山清水秀。更多的时候，我晒我的女朋友，我的Angelacandy可萝可御，美艳得不可方物。

Angelacandy的微博，总与我保持高度一致；我做了蛋挞，她烤了饼干；我家狗皮卡丘在吃狗粮，她家猫胖可丁在蹲猫砂；她在我微博里笑逐颜开，我在她相册里含情脉脉；而所有这些照片，同样配以雷打不动的三字经。

话题#*我美吗*#得到了进一步延伸。“我”可以是一只猫，可以是一盘鸡蛋，可以是一只折翼花脚蚊。网友们晒美食、宠物、豪车、风景，晒爸爸、妈妈、爷爷、奶奶。

话题#*我美吗*#长期高居话题榜首，我和Angelacandy的粉丝数一个月内突破100万。粉丝数冲破百万的那天是情人节，13点14分，我和Angelacandy在微博上互相发了对方的手的照片，我们的手拇指平伸，四指弯曲，合在一块儿，便撑起了一枚圆润的心形。

1032587。我凝视着这高达七位的数字，视野里是一座星球。这是我的星球，那么多人来过我的星球。我造出山川河湖、森林植被，吹出不同强度的风；他们沉默，他们聒噪；他们欢笑，他们诅咒。他们来过，爱过，然后迷恋我的星球。

我观察着我的星球，隔着袖珍的手机屏幕，在逼仄的写字间，置身烟熏火燎的世界。同事近在咫尺，但他们不会知道；他们与我擦肩而过，我的星球正在沸反盈天——悄无声息，却又震耳欲聋，隐秘而又伟大。

例行公事，我在中午12点发了一张Angelacandy的自拍，按照惯例，Angelacandy会在相同的时刻发一张我的照片，接着我们互相点赞。但这一次，当我点进她的主页，却看到了意料之外的微博。

没有照片，取而代之的是一个链接——特别推荐！青春系列蚕丝面膜+水库多肽修复护肤五件套……

我一蒙，脑袋空白。电话砰然炸响，大红的声音，怒不可遏："取关Angelacandy！就现在！"

8

大红一声叹息，以手抚额。屏幕上是Angelacandy的微博主页，五个小时内，她连发三条广告：护肤品，丰胸乳，还有壮阳药。

"这妞想钱想疯了。"大红说。我第一次见到眉头耷拉下来的大红，好像厚重的黑框眼镜压扁了他的眉头。

"一个广告2000块。"我说，"这个价位，我也蛮心动的。”

“傻子！”大红猛敲桌子，拔地而起，“2000块就接？你是没见过钱？”

“见过，见过。”我唯唯诺诺，“你说不接，我就不接。”

“不是不能接，是时辰未到。”大红说，“操之过急，不可取。”

我打开微博，粉丝数哗哗往下掉。Angelacandy的微博一片“取关”之声，而我的微博同样风声鹤唳：

> 拿自己女人当作硬广的枪，渣得漂亮啊！
>
> 那个男性健康的广告，是在讽刺你不行么？
>
> ……

“计划提前进行。”大红用中指推一下眼镜，眼镜上移，而中指仍停留在镜架上，“你，是gay。”

9

Angelacandy的照片，被Gayson取而代之。他的照片看起来相当妖冶：细眉，薄唇，丹凤眼，肤色白皙。

我见过Gayson，他真的是gay，真人完全是照片的对立面——嘴唇厚实，浓眉大眼，唯独皮肤的确白得耀眼。我们都有百万粉丝，为了掩人耳目，拍照的地点都选在封闭的室内，比如酒吧卡座、KTV包房或者餐厅包厢，我先到，小纪其次，Gayson最末，出门的时候，同样按照进门的顺序。相较我和Angelacandy，我和Gayson的照片尺度要高出一大截：我们十指相扣、贴身熊抱、嘴唇噘起作势亲吻——我很紧张，而他很淡定，无论是牵手还是拥我入怀，他都轻车熟路，毕竟他已身经百战。

Angelacandy删光了和我有关的所有照片，彻底沦为广告专家。她的粉丝掉了一半，每天仍旧掉个不停。我的粉丝不再追究过气的Angelacandy，转而研究我和Gayson的攻受关系——有人推测Gayson是受，因为他显得更为瘦弱；也有人提出反对，证据是我的一张手夹DJ-什锦水果女烟的照片，烟纤细修长，粉红色，草莓味。

我叫“无厘欧巴”，我有300万粉丝，一条狗，一个男朋友。我发微博固定在三个时间点：每天早上7点，我会发一张自制早餐的照片，在中午秀一下皮卡丘的日常，晚上晒一下男朋友Gayson。

在很多时候，我会真的以为自己有一条狗，我叫一声皮卡丘，指望它会跑过来，趴下，等我为它顺毛——微博上，皮卡丘常常全裸出镜，背脊上放着一只手。只有在下一秒，我才意识到皮卡丘不会来，皮卡丘不在这里，永远不会在这里。

同样不止一次，我在微博上发完早餐，下楼买煎饼果子，落嘴的刹那，以为那是一张华夫饼；只有当牙齿接触到饼皮我才意识到真相，非常抱歉，味蕾总是太诚实。

这一切让我很尴尬，但不难堪；真正困扰我的，是Gayson。那天晚上，我的大学同学介绍我认识一姑娘，姑娘长相干净，外企白领，看上去靠谱。我决定去赴约，突然想到Gayson，想到我们十指相扣，想到在微博里，他们都叫我们“吴氏夫夫”。

一时间魂不守舍，我双手掩面，奔向镜子；镜中的自己，气质一如既往地猥琐；就在这瞬间，皮卡丘、Gayson，还有300万粉丝，突然间就和我没了关系，我站在镜子前，仿佛一丝不挂，又好像重获新生——

我有狗吗？或许有，或许没有。

我做饭吗？或许做，或许不做。

我是gay吗？或许是，或许不是。

等一下，那我是谁？

我身体一震，冷汗涔涔，现在是0点整，挂钟的指针发出幽幽的光。我拨通大红的电话，电话那头是一声愤懑且悠长的“喂”，我打断，声音带着哭腔：“我是谁？我从哪里来？要到哪里去？”

大红沉默，电话那头传来滋滋的电流声。我看了三次屏幕，确认电话没有挂断。“恭喜你，悟出了网红三问题。”大红再开口的时候声音平静，还有些许温柔，“洗洗睡吧，明天我告诉你。”

10

“你从这里来，还从这里去。”大红掏出一枚硬币，“而你，还是你。”

“这腔调，”我竖起拇指，“我给零分。”

大红吐出一口烟，烟圈喷在我的脸上：“你问我，你是谁？你还是你，没差。一个上班族，长相三分，收入中等，扔在人堆里，就再也找不见。”大红一声厉喝，“所以，你以为你是谁？”

我身子一震，两股战战。

大红目光悠远，嘴角积起一汪泡沫：“你把网红的你当成了你，然而，这不是你。它是身外之物，而不是你自己。那个长相三分的你花了钱，雇我们打造了网红的你，他和微女郎的美腿、段子手的段子一样，全都是商品，供人消费，而我们赚钱。”大红食指拇指交叠，将硬币弹向空中，“这就叫从这里来，到这里去！”

不，不是这样的……我的心沉下去，痛苦地抱住脑袋。“无厘欧巴”不能不是我，因为他是我酷炫的证明，是我酷炫的化身；他有一张酷炫的脸，有一条酷炫的狗，会做酷炫的早餐，有一个酷炫的男朋友……

“去赚钱吧。”大红拍向我的肩膀，“我已经联系了Gayson，等他来，我们仨聊聊开网店卖面膜的事儿。”

我肩一沉，躲过大红的手掌。然后转身，仓皇出逃。

11

我发了一张自拍，用我的手机，没有修图。

然后删自己的微博。

没有用批量删除工具，而是一条一条地删。我删掉了Gayson，删掉了Angelacandy，删掉了华夫饼，删掉了皮卡丘，最后删掉了“无厘欧巴”，几分钟的时间，像是删除掉了一段人生。

只剩一条微博，那张无修饰的自拍。那条微博的评论和转发量超过五位数。我瞥了一眼评论，有人认出了我，那三颗泪痣是我的身份证；但也有人有不同的见解，譬如说此人可能是我的兄弟，或者是亲爹。

我关掉网页，编辑一条长微博，标题是“我是谁”。我从“我的酷炫”开始写起，写到认识大红、小纪、Angelacandy、Gayson，没用原名，都是代号，算是打码，网红三问题是文章结尾。发微博的时候天色已黑，我进厨房给自己泡了一桶方便面。

大红一直在打我电话。我没接，也没掐断，就任它响着。我用手机去压泡面盖，适逢大红来电，手机震动，嗖一下滑入泡面，捞出来，一股酸菜味儿。

我把手机放在窗台阴干，关机，睡觉。第二天开机，手机发出微信提示音。我瞥了眼通知横幅，看到“大红”两个字，立马别过头，把手机塞进裤兜。

上午7点半，出门。买一份煎饼果子，坐在粥铺，就着粥吃，很香；煎饼果子，就是煎饼果子。我告诫自己，从今天起，要尊重每一份煎饼果子。

7点45分开车，8点45分到公司。我进了电梯间，刚要关门，保洁阿姨拎着拖把快步走来。我等了一会儿，在她踏入门槛的时候冲她热烈地笑，她也对我笑，一时间，电梯内外就充满了快活的空气。

9点上班，刚坐下，听同事在聊昨晚曼联和阿森纳的比赛；他们中间，三个粉曼联，两个粉阿森纳，于是我夸一通鲁尼牛，又说拉姆塞弱；好像是头一次，我跟同事们谈笑风生。

5点半下班，6点半到家叫了KFC宅急送。等外卖的时候，给爸妈网购了一套德国锅具，上次给爸妈买礼物，还是两年前。吃完饭，在高中同学QQ群里召集聚会，万万没想到，响应者云集；他们都很吃惊，没想到发起聚会的，居然是一向毫无存在感的我。

晚上9点，我读了一会儿书，书名很长，叫《你是更温暖的自己因为总有那么一个人站在十字路口等着被世界深爱》。书里都是温暖感人的故事，一个小时读完，很高兴，庆幸自己仍是爱书的人。

晚上10点半，我躺在床上，三省吾身——我不会做菜，没有狗，没谈过恋爱，不是gay。我是吴厘，我是真实的自己，过真实的人生，拥抱真实的生命。

我翻了个身，又翻了个身，一时半会儿，睡不着。刷刷微博吧，我抓起手机，一下，就刷一下，我对自己说，打开了客户端——52356条@，10683条评论，32312个新粉丝，2317条未关注人私信。

什么？！

我刷了一圈评论，两股战战。

“丑，怎么可以这么丑。”我点点头，他说得对。

“你要做最真实的自己。”有个姑娘说，头像清秀。

“别说话，吻我！”这条评论的赞数超过2000，评论者的头像是一双白腿，引人犯罪。

私信像雪片般飞过来，一样五花八门。有个同性交友APP要我推广，推广一次，广告费五位数；有好几家媒体要约采访，言辞恳切，想做关于我的人物报道；甚至有娱乐公司要签我唱歌，他们都为我设计好了词曲，歌名就叫“我不是网红”，一首歌，10万块。

我掠过这些目的明确的请求，转而浏览那些态度暧昧的表述。他们中的一些表达了敬意，一些表达了鄙视，还有的，则普遍表达了一种含糊的愿望，比如说这一条——好想认识真实的你呀。

他们无一例外提到了“真实”，真挚又热忱。我抱着手机躺下，眼睛发热，又浑身发冷。我一阵哆嗦，连忙裹紧被子，门被敲响，现在是10点45分。

透过猫眼，门外站着大红，大红抱着双臂，缩着脖子。我开门，大红一猫腰钻进来，脸上泛着热气，红扑扑的：“哥们儿，没想到啊！”

“啥？”

“没想到你还会留这一手！”

“什……什么？”我带着大红走进客厅，“我留哪一手了？”

“你何止留一手？你都留好几手了！”大红从风衣里掏出一张褶皱的报纸，摊平展开，“自己看，头条！”

我看了一眼标题，脑袋发蒙。标题是“网红素颜揭秘真实人生，网友直呼真勇士”。标题下面，有两行像是摘要似的文字——

身为一名功成名就的网红，他却敢于戳破虚伪的画皮，在血与火的杀伐中，寻找生命本真的纯粹……

我凝视着灰底黑字，感觉密密麻麻的字像是一群苍蝇，有些反胃，连忙把报纸叠好，还给大红。“不好意思，这和我没什么关系。”我说，“我，要做真实的自己。”

大红一愣，端详着我，从头至脚。“你这病，得治。”大红说，“你是不是很自恋？”

“还好，我只是很酷炫。”

“这就对了。”大红说，“你那么自恋，以至于无法割舍网红的自己。为了不至于精分，只能忍痛割爱、釜底抽薪，消灭网红的自己。”

“好像是这样？”

“就是这样。”大红说，“疾在腠理，好治。”

“说人话。”

“我就一句话。”大红说，“你说你要做真实的自己——OK，在你亲手杀死网红的你之后，现在被点赞、被评论、被转发的，又怎么不是真实的你？”

真实……真实……真实……我重复着这两个字眼，一遍又一遍。眼前的世界，模糊得像是覆上了一层毛玻璃，我向半空挥出一拳，像是要击碎眼前粗糙的表面。

“你说得对。”我说。

12

我成了畅销书作家。

我辞掉了工作，靠写书赚钱，奉劝人们去拥抱真实的生命。我长篇累牍展示我的心路历程，告诉人们我是怎样从一个普通人变成了网红，再如何从一个网红变成一个普通人，我告诉他们，所谓幸福，就是当好一个普通人，过普通人的生活，然后热爱身边的普通人。

我写一些故事，那些故事其实都是一个故事，主角可以是男孩，可以是少女，可以是民工或者是白领，他们沉迷于社交网络，然后再幡然醒悟，去热爱现实生活中的人——那个人是他们的母亲、他们的兄长、他们的恋人，也可能不是人，是他们的狗或者猫。

我的书卖得很好。每逢签售会，我真实的读者们拿着真实的书，排着真实的队，让真实的我为他们签上真实的字。他们用真实的声音说，他们以真实的自己遇见了真实的我，然后就拥抱了真实的生命。

我是真实的，毫无疑问。我有血有肉，眼角有三颗痣。唯独有一些小小的不真实，就是这些书并不是我写的，那位写作《你是更温暖的自己因为总有那么一个人站在十字路口等着被世界深爱》的作者为我代笔，我们签了合约，五五分成。

这并不重要，毕竟这一点点的不真实不会给我带来任何困扰。现在，我真的有了一条狗，叫“卡比兽”，纯血金毛，赛级纯种；我的早餐也不再是煎饼果子，而是货真价实的华夫饼，每个早晨，从烤箱里新鲜出炉。我的黑桑换成了奥迪，在车库有了一处固定的归宿，然而我并不开它去上下班，因为我不上班。

我真的有了男朋友，就是那位写作《你是更温暖的自己因为总有那么一个人站在十字路口等着被世界深爱》的作者，他不帅，却是一个会为我织毛衣的暖男，为此我要感谢Gayson，是他在无意中帮我找到真实的自己。

我会在微博上摘抄我书里的句子，附上我的照片、狗的照片、华夫饼的照片，还有我和男朋友的合照，毫无疑问，这一切都很真实，有时候我会接一两个广告，比如那个同性交友APP。

毕竟，我已经有了1000多万粉丝，偶尔该赚点真实的钱。

主播养成纪事

这个世界上，大概没有比捡钱和数钱更爽的事儿了吧。

“马上就要到12点咯，感谢在深夜守护我的朋友们！”

吴厘瞪着屏幕，眼睛发直。屏幕正中一女子，黑领结，白头饰，连裤丝袜，荷叶边围裙；网页置顶位置，四个镶金大字——

斗鸟直播

吴厘，U大大二学生，他喜欢上主播“蛋皮baby”已经有三个月了。三个月前，他第一次给蛋皮baby送礼，是500颗虚拟的“鹌鹑蛋”，价值一元钱。当时直播间里只有两名观众，他就以这一块钱力压群雄，获得蛋皮baby香吻一个：

“Mua，谢谢厘哥！”

鼓腮，噘嘴，烈焰红唇；隔着屏幕，吴厘左手握拳，眉头微蹙，啊，好爽。

3个月里，吴厘送出100000个鹌鹑蛋，20000个鸡蛋，100个恐龙蛋，30只老母鸡，价值总计35000元。鹌鹑蛋、老母鸡等都是线上的虚拟礼物，鹌鹑蛋一元500个，母鸡一只500元，礼物价值越高，呈现的方式也就越华丽——送出鹌鹑蛋，不过一条弹幕提示，而母鸡出场则特效十足：母鸡会在窗口逗留5秒，大声啼鸣，鸡头上方飘浮着特大号弹幕：

> 吴厘送出一只报晓母鸡，
>
> 报晓母鸡，母鸡中的战斗机。

3个月里，蛋皮baby的人气不断攀升。有个ID叫“隔壁老王”的，每天雷打不动刷10个恐龙蛋，蛋皮baby每天为他献吻一枚；还有个叫“酷炫少年”的，一天晚上，连刷3个母鸡，母鸡特效还没结束，蛋皮baby突然脱了上衣，露出猩红色的小肚兜——

“这是为酷总脱的哟。酷总酷总，最爱你啦！”

鹌鹑蛋换飞吻的日子一去不返，3个月里，吴厘用35000块的礼物换来了20个飞吻，23次拥抱，235次感谢和祝福，他在直播间的贡献榜中排行第三，第一名和第二名分别是“隔壁老王”和“酷炫少年”。去你的。吴厘瞪着榜单，一股热流直冲脑门：

喜欢baby，你俩也配？

当机立断，他送出“母鸡×10”，榜单闪烁了一下，吴厘变作第一名。他看见蛋皮baby的苹果肌发生了一次若有似无的抽动，然后，她突然跷起左腿，一点点褪下丝袜：

“厘哥，你要双手打字，以示清白哦。”

吴厘举起双手，十指震颤，愉悦感自指间贯入，令他全身酥软，呼吸急促。先前的犹豫和纠结在这一刹那被抛到了九霄云外，毕竟他已经花光了所有积蓄，而他刚才送出的5000块钱，是他下午找舍友刘大志借的。

“你这是在……”

吴厘猛回头，身后，刘大志揉着眼睛，提着裤腰，样子是要去起夜。“10个母鸡？”刘大志手一抖，裤腰几乎拎到胸口，“你这么土豪？！”

“别生气啊。”吴厘弯腰，频频作揖。

蛋皮baby的丝袜已经褪到了脚踝，露出莲藕般皎洁的一截小腿。“厘哥，这是为你脱的哟。”蛋皮baby的手指在膝窝处轻轻一抹，“谢谢厘哥呢！”

“不……用谢啊。”吴厘喃喃自语。此刻，700多人的房间，弹幕如潮水：

厘总威武

腿玩年

超管在哪儿？

“倒是条好腿，”刘大志喃喃自语，“厘哥，假如再送她20个母鸡，她不是可以脱光了？”

“好啊。”吴厘说，“要不，你再借我10000块？”

“你是不是脑子有病？”刘大志说，“花了小几千，就为了看一个女孩子脱丝袜？”刘大志拿过自己的移动硬盘，“砰”一声拍在吴厘面前，“怕你憋得慌，这里1TB资源，随你下！”

“这不一样，我喜欢她。”吴厘说，“我不走肾，我走心。”

“废话少说，”刘大志说，“什么时候还钱？”

“我……”吴厘支吾道。一个月前，他已经透支了三个月的生活费，“那个……先赊着，好吗？”

刘大志眉毛焦灼地拧在一块儿，脸上的肌肉绷得像是一根拉满的弦。“你去直播吧。”刘大志的脸庞突然松弛下来，“我买设备，定内容，你连着播一个月，咱们的债，一笔勾销。”

“好啊。”吴厘说，他放心地背过身去，紧盯屏幕。屏幕上，蛋皮baby褪下了全部丝袜，一双玉足皎洁明亮，在黑夜里闪闪发光。

灯箱、话筒、摄像头，一切就绪。

屏幕正中是吴厘的脸，小眼睛，小鼻子，小嘴巴，惊慌失措。左上角，显示着房间名称——“灵魂直播”，房间名称下方是主播的ID——“水友收割者”。画面上方，在线观众数已经超过1000，并且还在陆续增加。

刘大志是U大贴吧的吧主，手头有好几个学生群，他把吴厘的直播地址在这几个平台广而告之，效果拔群，晚8点，直播开始。

啪！

吴厘抡起右手，一记耳光，正中右脸。屏幕上，弹幕纷纷，如过江之鲫般划过屏幕——

这个脸打得我给100分

这人我认识，不是U大3号楼的那个屌丝吗？

我叫你一声傻帽儿，你敢答应吗？

吴厘食指勾起，在脑壳上咚咚咚连敲三个暴栗，嘴巴张大，几乎能含住麦克风——

“我——是——傻——帽！”

弹幕汹涌，礼物如潮水，鹌鹑蛋、鸡蛋、恐龙蛋，层出不穷。吴厘满面潮红，暴喝如雷鸣：

“哪位送我一只母鸡，我就上天给他看！”

10秒钟过去了，没有母鸡；倒是有一条弹幕，高亮、加粗，在众多弹幕中脱颖而出——

你在地上爬一圈，我就送。

“爬呀，爬呀。”刘大志坐在镜头外，小声催促，“一只母鸡，500块呢！”

吴厘呆呆站了半晌，接着，弯腰，屈膝，匍匐在地。他在肮脏的地板上艰难蠕动，抬头，屏幕上，一条深蓝色的弹幕窜入眼帘——

趴着有什么意思，屁股撅起来嘛。

鼻子发酸，好似一拳正中鼻梁。吴厘臀部翘起，头深深埋下去，几颗眼泪从眼睑里滚出来，前仆后继地摔得粉碎。他脖子前伸，头艰难地向上昂起，看上去就像是待宰的鸡——

就在这时候，三只母鸡在屏幕上叫嚣起来，声音高亢，此起彼伏。

“咱们两清了。”

5000块，微信转账，吴厘放下手机，双手插兜。

“好的，”刘大志点击收款，“唉，其实你不必还这笔钱。”

自开播以来，吴厘便以极快的速度蹿红，他直播抽耳光、抠脚底、剪指甲、擤鼻涕……一个月后，坐拥数万观众，母鸡和各种蛋，拿到手软。礼物兑换成现金，经平台分成后，吴厘净赚5000多。

“这钱不还，我浑身难受。”吴厘说。他折回到自己桌前，一巴掌把话筒拍到地上，接着踩上一脚，话筒头部登时凹下去一个坑。

“不播了？”刘大志问。

“呵呵。”吴厘说，拆掉了话筒架。

刘大志耸耸肩，拔掉连接笔记本电脑的耳机。笔记本音响传来一声娇喘，然后是一句酥麻入骨的“大志哥哥么么哒”，吴厘回过头，眼睛睁大。

笔记本屏幕上，蛋皮baby举起一条白腿，脚趾的第二趾和第三趾张开，摆出一个V字。“我用你还我的5000块送了她10份礼物。”刘大志的食指在“V”字的中缝抹过，“哥们儿，有品位啊。”

吴厘拳头捏紧，眼睛通红。他把话筒安上，试了试音，还能用。他打开电脑，进入直播界面，打开前置摄像头，调整笑容——

彼时，蛋皮baby娇滴滴地说出“see you na la”，刚刚下播。

蛋皮baby：敢不敢在10秒钟之内抽自己25个耳光，照做有惊喜。

吴厘愣了半晌，ID确实是蛋皮baby，如假包换。这是一条有声音的弹幕，蛋皮baby娇媚欲滴的声音仿佛就在自己耳畔，3D立体声，360度环绕。

感觉亦真亦幻，脑袋迷糊而眩晕。吴厘猛抽自己5记耳光，感觉稍微清醒了一些。屏幕上，蛋皮baby一连刷了三条弹幕：

停下来的话

就要

从头开始算了哟

25个耳光，一气呵成。2秒钟后，蛋皮baby送出母鸡一只，一条弹幕减速两倍，缓缓掠过——

蛋皮baby：你的直播太有意思啦！

看你直播打脸，真是好解气呢！

自此以后，吴厘的直播总是在蛋皮baby下播一分钟后开始，时间刚好错开。每逢蛋皮baby开播，吴厘总能送足3000块礼物，结束后，换号自己播；每当这时，蛋皮baby总是如约而至，送礼小则鹌鹑蛋，大则老母鸡。蛋皮baby不知道，“厘哥”和“水友收割者”是同一个人，而自己正和此人互相取悦——

而这些都是吴厘的秘密，不可告人。

白衬衫，黑短裙，裙摆到膝窝；蛋皮baby坐在吴厘身旁，长发及腰。

3天前，吴厘接到斗鸟直播工作人员来电，表示有不少当红的女主播想与吴厘合作，工作人员列出了女主播的名单，供他选择。

“蛋皮baby呢？”

“哦，她申请过的。因为不够红，被我们筛掉了。”

“我要她。”

“我建议您……”

“我就要她。”

“好的。”工作人员说，“我们这就与她联系。”

现在，蛋皮baby正在补妆，她突然抬头，莞尔一笑："你为什么选我呀？我又不红。"

"因为……"吴厘低下了头，调整了一下摄像头，"那个……我们开播吧。"

"哈啰，我是蛋皮baby，坐在我旁边的，就是传说中的水友收割者啦！"蛋皮baby上身摇摆，长发在胸前游弋不定，"亲爱的朋友们，今天，我们来玩大冒险哦！"

弹幕开始疯涨，房间的人气已过10万，吴厘正对镜头，满脸窃笑："我们会倒数三二一，数到一以后，第一个送出母鸡的水友，就能向我们提出大冒险的惩罚问题——"

"准备好了么？"蛋皮baby撩起刘海，"三，二——"

蛋皮baby停顿了一下，停顿的瞬间，有7名观众扔出了12只母鸡。"谢谢大家！"蛋皮baby娇笑道，接着，慢腾腾报出了"一"。

"酷炫少年"抢到先手，他的礼物动画要比第二名的"隔壁老王"快一帧。"酷总，就是你啦！"

蛋皮baby嘴唇噘起，“亲爱的，你要我们怎么大冒险呢？”

“酷炫少年”发来一行颜色火红的弹幕：

我要你骑在他身上，绕着房间爬一圈。

吴厘龇了龇牙，乖乖趴好，蛋皮baby骑上他的背脊，手上多了一根自拍杆。“大家好，这是我的坐骑哦。”蛋皮baby双臂交叠，仿佛骑手，“驾！驾！”

一圈，又一圈，吴厘喘着粗气，痛并快乐。他背部承载的绵软简直荡气回肠，但却又沉重得快压断他的腰。他仰起脸，谄媚地望着镜头：“那个……酷总，您还满意不？”

酷炫少年发来一行弹幕：

再来一圈！

膝盖一软，吴厘直挺挺地趴了下去，身上的蛋皮baby被摔到身侧，一屁股跌坐在地上。“好没用呢！”蛋皮baby揪住吴厘的耳朵，“老板，你们说，要怎么惩罚他呢？”

三，二，一。

这一回，“隔壁老王”力拔头筹——

你看他这么辛苦，干吗惩罚他啦？你亲他一下，就当犒赏好啦！

“讨厌啦，会被超管封掉的啦！”蛋皮baby娇嗔道，“王老板高抬贵手，换一个，好不好？”

“隔壁老王”秒回：

就一下，超管不会看到的。说好的大冒险，可不能言而无信哦！

蛋皮baby眨了眨眼，接着，嘟起了嘴。电光石火的瞬间，吴厘感觉一个柔软的东西击中自己的面孔，接着制造了温柔而细腻的形变，吴厘哆嗦了两下，他感觉自己的右手有些失控，于是努力地贴紧裤缝，洪荒之力在指间弥漫，虎啸龙吟。

三，二，一。

用户“刘大志”，头一个送出礼物。吴厘猛回头，此刻，刘大志躺在上铺，抱着笔记本，满面堆笑。

“哎呀，是大志哥哥呀！”蛋皮baby拽了一把吴厘，“大志哥哥好久没来了呢！”

一条红色高亮的字幕划过屏幕，在众多弹幕中脱颖而出——

蛋皮baby，告诉你一个秘密，你那什么水友收割者，就是厘哥呀！

吴厘咬紧牙关，脸色发白；蛋皮baby愣了一愣，接着捧腹大笑。不一会儿，刘大志又发了一条弹幕：

水友收割者？不对，厘哥。我的大冒险惩罚很简单，你就在这里表个白吧。

吴厘的眼睛眯成两道细而短的黑线，喉结在他的颈部艰难地滚动着，像是失去润滑的滚轮。记忆自大脑深处汹涌而来，他历经多少次狗爬之辱，被成千上万人骂作傻帽，只为换来蛋皮baby的莞尔一笑或者为自己晒出白腿，而他经历的所有屈辱就在那些时刻显得功德圆满、感动常在。一滴汗水聚拢在他的睫毛上方，像是正在凝结的晨露，越积越大，越积越大，最终沿着吴厘的睫毛滚下来，砸在吴厘的面颊上，转瞬间化作湿漉漉的一摊。

越来越多的汗珠从吴厘的面颊上渗出来，此起彼落，他看上去大汗淋漓，但全身却在止不住地打冷战。蛋皮baby将自拍杆对准吴厘，给了他一个特写镜头，吴厘的脸就此撑满屏幕，弹幕掠过吴厘的额头、眼睛、嘴唇，还有星罗棋布的青春痘——

好大一张痴汉脸。

这套路，我给100分。

不像是套路，这节奏是真要表白。

表白，他真的要表白。有生以来，没有女生会多看自己一眼，而他只能孤独地窥伺着班级里每一个女生，揣摩并想象着她们的秘密。蛋皮baby是第一个对自己笑的女孩儿，是第一个用那么亲切的口吻称呼自己的女孩儿，是第一个肯露出脚趾给自己看的女孩儿，也是第一个亲过自己的女孩儿……他从她那里得到了那么多第一次，或者说，她拿走了自己的那么多第一次，她是他命中注定的女神，在他青春的尽头，点燃他前所未有的爱情之火。现在，在这个万众瞩目的时刻，他应该用专属于吴厘的方式，去表达自己深沉的爱慕和坚硬的决心——

“baby！”吴厘昂起头，眼神深邃：

“我——要——和——你——困——觉！”

就在当天，吴厘和蛋皮baby真的在一起困觉了。

他们开房直播睡觉，但身上的衣服始终裹得严严实实。超管并没有什么动作，因为他们的直播并没什么可以被封禁的理由：蛋皮baby的睡衣一直武装到包裹住脖子，而吴厘直接裹着夹克上床，双眸紧闭，呼吸深沉。

蛋皮baby仰躺在床上，手持自拍杆；她提议在吴厘的脸上写字，写一次收一个礼物。很快，吴厘的脸上写满了各种各样的脏话，方寸之地，脏话横飞。

吴厘真的睡着了。梦里他感觉有什么冰凉的东西在他的脸上划拉，带给他清新而舒爽的感觉。醒来的时候，自拍杆没了踪影，而蛋皮baby的身上只剩下一件猩红色的肚兜。“亲爱的，做我男朋友嘛，”蛋皮baby对着眼前这张写满“傻帽”的面孔说，“那个……我……要和你困觉嘛。”

3天以后，吴厘和蛋皮baby成立“收割组合”，刘大志出任“收割组合”的经纪人。他们和斗鸟直播签了一纸3年合约，底薪加礼物提成，预计可以年入百万。娱乐公司纷至沓来，邀请他们出演综艺节目、真人秀和网络大电影，有多家情趣用品商家邀请他们出任形象代言人。

模仿“收割组合”的主播层出不穷，但都没有吴厘表现出色。模仿者们总是在直播的时候不经意间流露出愤怒和不爽，而不像吴厘那般对所有的侮辱都甘之若饴。每天下播，吴厘总要从抽屉里掏出几摞钞票，然后撒在蛋皮baby的身体上，再一张一张捡起来，边捡边数，乐此不疲——

毕竟，这个世界上，大概没有比捡钱和数钱更爽的事儿了吧。

替身

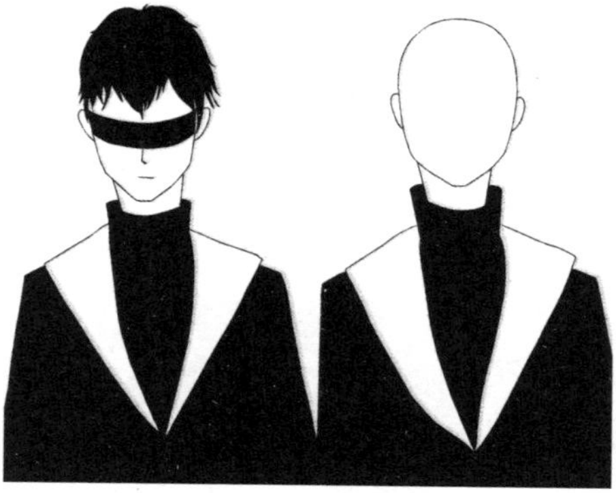

跟女孩子聊天，就是没话找话，

就是零零碎碎，就是一地鸡毛。

1

“我看这事儿，悬。”

我盯着这个叫陈墨的男人，嘴唇张成了O形。陈墨翻看着我的手机，以飞快的速度将进度条从头拖至尾：

“微信上聊的是很多，只是……”

“我们平时只谈工作……”

“这就难办了。”陈墨用勺子搅动着咖啡，“这样的话，我对她的了解就不太够……”

“吴瑜她……她其实挺漂亮的。”

“哪儿跟哪儿嘛，我没说她不漂亮……”陈墨打量着周围的环境，上午的COSTA人不多，“我是说，你这情况，要加钱。”

“很难办？”

“一是这边资料不足，我不够了解她；二呢，是看你们这情况，相互之间，也不太热络。”陈墨眯起了眼睛，“所以更费事儿啦。”

“那么多少呢？”

“原本3000块，现在4000块。还是老规矩：先付2000，成了的话，再给我卡里打2000；如果没成，我还你首款的一半，就是1000块。”

“OK，分分钟打给你。”

“爽快，”陈墨笑了，“看来你很喜欢她嘛。”

“是啊，很喜欢。”头一回从摩卡里喝出苦味，“真的很喜欢啊。”

吴瑜是我的女神，圆脸，大眼睛，长得像福原爱。她和我一个办公室，就坐在我的前排，上班的时候，她的马尾辫就在我的显示器两侧蹦跶，十分可爱。男同事们私下里说她脸大，他们懂毛线，那是婴儿肥，他们说她嗓子尖，扯淡，那分明就是银铃般的清脆，这群傻子，他们能懂？

我和吴瑜聊得不少，内容清一色Java和C++。她入职不久，常常请教我，每当这时候，我总是低着脑袋走过去，掩饰自己红成猴屁股的脸颊。

“你坐，你坐呀。”

吴瑜总是这么说。

“不……不了。”

我总是这么答。

我在她的键盘上运指如飞，调试，OK，Bug消除。每当这时候，吴瑜都会笑着说：

“阿里嘎多。”

我用余光瞟了一眼吴瑜，她忽闪着大眼睛，很好看。我听不懂什么叫“阿里嘎多”，于是就总是回答：

“哦，阿里嘎多。”

于是吴瑜又笑了。

我是宅男，也是码农，大家都说，因为我是码农，所以我是宅男，我觉得倒过来也说得通。我懂代码，但不懂姑娘，加吴瑜微信，腿软了3分钟。

后来有人告诉我，要泡妞，找陈墨。

陈墨，我的高中同学，我们高三的时候他就已经辍学，长时间无业。我刚毕业那会儿，每个月就拿3000多块工资，道听途说他的月收入已经逐步稳定在

10000左右。从某种意义上说，陈墨并非无业，在过去的若干年里，他长时间经营着一种社交服务：

代人把妹

流程如下：先是了解情况，查看照片及聊天记录，知己知彼；谈妥价格，客户预付首款，事成支付尾款，如果没成，首款二分之一返还；客户把自己的微信、QQ号码及密码交给陈墨，陈墨代客户与追求对象聊天，直到事成为止。

陈墨滑动屏幕，手指抹过几行字："你呀，根本就是不会和女孩子聊天嘛。"

"什么意思？"我凝视着陈墨手指覆盖过的字句——

我：你平时喜欢做什么呀？

吴瑜：最近在学瑜伽

我：瑜伽蛮好呀

陈墨嘻嘻笑了一下，露出一口被烟熏黄了的牙齿："今天我就用你的号跟她聊，回头跟你说。"

2

晚上11点半，陈墨打电话，约我去吃夜宵。

陈墨住得很近，和我相隔一条马路，我们去的火锅店在陈墨家楼下，营业到凌晨4点。陈墨比我晚到几分钟，我看到他进门，隔老远就问：

"怎么样？"

陈墨坐下，取过菜单——

"先吃，一会儿说。"

半小时后，杯盘狼藉，桌子上还有5盘生肉，半桶生菜，2扎扎啤。陈墨把酱料和碗挪到我的碗碟旁边，从对面坐到我边上，给我看他的手机：

"这是我一个晚上的成果。"

陈墨的蘸酱里拌了很多蒜末，此刻口气相当难闻，我往外挪了挪："怎么说？"

陈墨瞅我一眼，脸色突然拉下来："你坐那么远，看个屁？"

没辙，只好紧挨着他，陈墨指尖指向聊天记录的第一行——

在干吗呀?

“看好了，这叫试——探。”陈墨目露精光。

“这……我也会啊。”我把一盘生牛舌下进锅，“不就是打开话题嘛。”

“你接着看。”陈墨指向下一句，指尖忽然上挑——

没干吗!

“你看看时间，隔了30分钟才回，再看这语气，很冷淡吧。”陈墨勾起食指，敲了记桌子，“显然姑娘不在聊天的状态，那你就得等。你看时间，那时候大概4点半，等到8点钟的时候，我才发第二条微信——”陈墨的指尖指向第三行——

我：在做什么呀?

吴瑜：看电视，你呢?

我：网上随便看看，一天班上下来，好累……

吴瑜：同累啊，加班回家，都没自己的时间了。

陈墨把这四行字复制粘贴到手机的备忘录："现在才是聊天状态，懂？姑娘不在状态，你聊得越多，死得越快。只有在状态的时候，才适合继续聊。回头你可以翻聊天记录，看看有多少这样的错误。"

"服了。"我顺着吴瑜的回复往下看——

我：下班累成狗的我表示也想练瑜伽……

吴瑜：哈哈你可以试试！

我：瑜伽怎么样呀？

吴瑜：有些动作蛮累的。不过练完以后，感觉神清气爽的。

我：听你这么说，我真去练啦！

吴瑜：哈哈，男人练瑜伽完全OK的，我就见过好几个！

"还记得上午在COSTA的时候，我说你不会聊天么？"陈墨嘻嘻笑起来，龇开一口黄牙，"你问姑娘最近在做什么，她回在学瑜伽，后来你说了啥？”

“我说……”

“你说——”陈墨把牛舌捞上来，对半盛在我俩的碗里，“再不吃就要炖烂啦。”

“我记起来了，”我咽口唾沫，“瑜伽很好！”

陈墨点点头，把牛舌在他蒜末密布的蘸酱里浸了个通透，声音猛地提高一个8度：

“你这么回，叫别人怎么接？”

陈墨蘸酱的时候，我正在往锅里下金针菇，陈墨那一声吼，吓得我手抖，筷子伴随着细碎的蔬菜，整根掉进了锅里。

“听着，”陈墨面孔严肃，“要让别人回复你，你就得给人回复的空间。尽量把话说得具体：瑜伽怎么样啊？瑜伽好玩吗？表达自己的感受也行，比如我也想练瑜伽，也OK。你呢？瑜伽很好？你叫姑娘回你什么？我也觉得很好？还是，我觉得你的‘很好’回答得很好？！”

我哑口无言，脸埋向碗口，忽然发现没了筷子。陈墨唾沫横飞，我隐约感觉到他嘴里的蒜末正如飞矢般射向我的天灵盖：

“跟女孩子聊天，就是没话找话，就是零零碎碎，就是一地鸡毛。谈谈琐事，聊聊心情，都是具体又细微的东西，懂吗？”

“懂了。”

“真的懂了？”

我用陈墨的筷子给他夹了一把金针菇：“真的。”

“这是第一课，”陈墨说，“时间差不多了，你买单吧。”

3

一个月来，在微信上和吴瑜聊天的一直是陈墨。陈墨隔三岔五找我吃饭，原则上他请客，我买单。陈墨的进展出乎意料地顺利，一个周五的晚上，吴瑜居然主动给我打了电话。

我没有接。

电话响过20秒，吴瑜挂断。我立刻打给陈墨，用我的住宅电话。

“有空么？”

“有。”

“到我家来。”

“现在？”

“SOS！”

“好吧，分分钟。”

1刻钟后，陈墨拿起我的手机，给吴瑜拨号，5秒钟后，电话接通——

“Hi，前面在买菜，电话没接到，太不好意思了。”

陈墨的声音和我很像，不算粗，也不很细，但有一点点沙哑，只消再压低一下嗓音，基本上就和我一样。陈墨开了扬声器，我听到吴瑜的声音：

“哟，你还是家庭煮夫啊。”

陈墨食指放在嘴唇上，做了一个噤声的手势：

“单身男青年的独居生活咯。”

陈墨时而猥琐地笑，时而挤眉弄眼，半小时以后，电话挂断，陈墨往后仰，整个人陷进沙发里——

“姑娘对你有兴趣的。”

“是对你蛮有兴趣吧……”

“语音吹牛，累死！”陈墨把手机递给我，“以后这种好事儿，别找我了啊。”

“啊？”我伸出去的手悬在半空，“要我跟吴瑜打电话？你在逗我？”

“可是……我只负责聊微信。”

“陈墨，你听着。”我接过手机，指着通讯录上吴瑜的名字，“以我现在的情商，跟吴瑜打电话准完蛋。这事儿成了，你还有2000块可以拿，如果没成，别忘了还钱啊。”

“我只聊微——信。”陈墨神色为难，“你这情况——”

“要加钱呗。”我从兜里掏出信封，“再加1000。”

“1500。”陈墨张开手掌，像是要和我击掌。

“1200，不能再多。”

“成交。”

“你每天都来我家？”我问。

“没这个必要，”陈墨接过信封，“你手机是双卡双待么？”

“嗯。移动的卡上都是客户和同事，联通的卡上是朋友和亲戚。”

“吴瑜在……？”

“同事。”

“用联通卡跟她联系。”陈墨眯起眼睛，“理由实话实说，你把她视作朋友，不适合分在普通同事的号。话当然由我来说。”

“然后呢？”

“你把尽可能多的亲戚朋友都转到移动卡上，然后把那张联通卡装我旧手机里。这样姑娘打过来，都是我接。”

“太机智！我要追加你100！”

“不必了。”陈墨把信封揣兜里，大步流星走向房门，“我手机欠费啦。今天晚上，给我充200话费吧。”

4

周六，我约出了吴瑜。

我提早三刻钟到地铁站，当我看到吴瑜出闸机向我走来的时候，我的心提到了嗓子眼，没有了同事关系的掩护，我感觉自己像是一丝不挂地暴露在心爱的女孩面前。

“哈啰。”我说。

“我迟到啦，真不好意思。”吴瑜浅笑。

“是我来早了。”

“我是路痴，”吴瑜撩一下刘海，“你说的那家店我不熟，你带我去啦。”

“不远的，一会儿就到啦。”

“那慢慢走咯。”

出站，室外明媚，没走出几步，耳边传来陈墨的声音：“别走太快，姑娘说慢慢走，表示愿意和你散步，是好感信号。别急吼吼，边走，边聊。”

陈墨无时不在，无处不在。

我慌张，但是不恐惧，我的身后，陈墨如影随形。我的手机安装有OneNote，点击录音，录下我和吴瑜的对话，若干分钟后按停止键，OneNote即可将录音同步到陈墨的电脑，而为了确保传输时刻畅通无阻，我的夹克口袋里装了随身Wi-Fi，同步分分秒秒不延迟；陈墨在桌面版的OneNote上收听我和吴瑜的对话，并即时对我进行指导——

我的耳朵里塞着隐形耳塞，手机则一直处于通话状态，陈墨的话，可以被我清晰地听到。

“万无一失。”临行前，陈墨对我说，“相信我，有我在，一定万无一失。”

10分钟后，我和吴瑜到达约好的日料店。按照事前陈墨的嘱咐，我先把菜单交给吴瑜。吴瑜潦草地翻了几页，把菜单递给我：

“还是你来吧。”

“你有什么忌口？”

“都能吃，哈哈。”

一切都不出陈墨所料，而我接下来的行动也变得极为敏捷。2分钟后，我叫来服务员：

“中华海藻，大虾蔬菜沙拉，一份三文鱼刺身，大份。”

“稍等，”服务员不停记录，“好的，您继续——”

“南沙比目鱼青柠汁法式铁板烧。”

“先生，不好意思，”服务员微一欠身，“我们店昨天更新了菜单，这道菜我们已经停售了。”

“哦，那么……铁板蒜香鱿鱼筒，鳗汁素鲍炒生菌？”

“对不起，也都没有……”服务员的眼神有些狐疑。

“什么？！”

我的音量陡然提高，话音未落，才意识到自己失态。大脑一片空白，快速翻阅菜单，铜版纸制成的菜单猎猎作响，成群结队的刺身、寿司、炸物从我眼前掠过；前一晚，陈墨发给我一份菜谱，他的语气煞有介事——

“道理是这样的：男人点菜，一定要快，点菜都拖拉，给女人的感觉，要么没用，要么没钱。她不点单，照我说的点，如果她点单，也照我说的点，因为一来她不会点多，二来日料量很少，不在乎多一两个菜——听我的，绝对万无一失。”

万无一失，万你个头！

我把菜单从头翻至尾，又把菜单从尾翻至头，中途瞄了一眼吴瑜，吴瑜低着头，在玩手机。三分钟后，服务员耐心耗尽：“先生，要不您等下再叫我？”

“你这厮如果还没点菜的话，”陈墨的声音突然响起，“我说什么，你点什么。”

“一份炸虾天妇罗。”陈墨说。

“一份炸虾天妇罗。”我说。

“唐扬鸡块。”

“唐扬鸡块。”

“北极贝寿司，辣金枪鱼手卷，可乐饼。”

“北极贝寿司，辣金枪鱼手卷，可乐饼。”

“日式肥牛寿喜锅，加一份乌冬，一个温泉蛋。”

“日式肥牛寿喜锅，加一份乌冬，一个温泉蛋。”

“吴瑜，你要喝什么？”

“吴瑜，你要喝什么？”

“把菜单给她！”

我把菜单递给吴瑜。

“一杯可尔必思。”吴瑜说。

“跟你一样。”我说。

服务员拿起菜单走人，我的脸上又重挂起微笑。吴瑜上洗手间的当口，我给陈墨发短信：姓陈的，算你狠！

陈墨的声音在我耳畔响起：“特色菜没得点，只能做保守选择。天妇罗，鸡块，寿喜锅，这些玩意儿，一般都不犯错。”

我怒气冲冲地输入：谁说的万无一失？

陈墨的语气有些沮丧：“以你这智商，我现在不能担保了。继续吧，好好表现，手机收起来，姑娘估计也快回来啦。”

上菜速度很快，一桌满满当当。三文鱼红润，天妇罗金黄，寿司手卷色彩缤纷，美不胜收。

但我完全没食欲。

最近10天，这家餐厅我来了7次，最近一次是在前天，满桌寿司、刺身和炸物。按照惯例，陈墨请客我买单，陈墨说这叫练兵，我却感觉是敲诈，但事实上，这钱花得值，因为陈墨确实传授了一些人生经验——

“你这是在吃饭？”陈墨放下筷子，打量着我。

我一手扒住碗沿：“嗯啊。”

“你看你，脸都快埋到碗里去了。”

“怎么？”

“你这是在吃饲料。”

“我靠！”

陈墨伸手，撩一下我下巴：“来来来，把头给我抬高……”

我抬头。

“背挺直！”

我挺胸。

“用筷子把乌冬送嘴里！”

我夹起乌冬，一串乌冬顺着我的筷子滑下来。

“反正就这么回事，随时注意吃相……还有，乌冬面不适合你，你还是吃点别的吧。”

“哦。”我举起筷子，又放下筷子。

“胃口不好？”

“四天三顿日料，你没吃腻？”

“跟女孩子吃饭，千万不能吃太少，能吃才能干，懂？”

“这都可以？！”

陈墨一拍桌子：“道理你都懂，但你为什么还吃这么少？”

能吃才能干，陈墨的金玉良言犹在耳畔。我咬咬牙，夹起一块寿司，蘸酱油和山葵，深吸口气。

“你可真能吃！”吴瑜说。

“能吃就能……”

“能……能什么呀？”

“能消化呗。”我将寿司放入口中，开始了艰难的吞咽。从肠胃深处涌上来山葵、酱油、炸鸡，还有沙朗牛肉混合的味道，它们顽强地抵住我的食道，给即将坠入胃囊的食物以顽强的阻力。“以后点菜要量力而行哟。”吴瑜看着我的吃相，抿着嘴笑。

“我……”我被饭团噎住，说不出话。

1分钟后，耳边传来陈墨的声音：“再吃就没腔调了。买单，撤。”

出店门，午后阳光宜人，按照计划，我们接着去K11看画展，步行到那儿，排队的人流已经绵延不绝。

“这么多人啊。”吴瑜叹气，“要等呀？”

“只能等呗。”

吴瑜掏出手机刷起朋友圈，我站在吴瑜身旁像一根电线杆。两分钟后，陈墨的声音响起：

“改计划，约她看电影。600米不到，UME国际影城。”

什么？！大脑突然有些紊乱。

“穷则生变，”陈墨说，“一，姑娘不想等；二，她在等你拿主意！”

“我该怎么说……”我给陈墨去了条短信。

陈墨的声音传过来：

“要不咱们别排队了，去看电影怎么样？旁边是UME。”

耳边重又归于沉寂，吴瑜仍然在玩手机。我抓着衣角说：

“嘿，吴瑜。”

“怎么啦？”吴瑜抬起头。

“要不别排队了——”

“好呀好呀！”吴瑜突然笑起来。

“去看电影怎么样——”

“旁边是UME！”吴瑜接口道。

“走！”

两点档，UME排了三场电影，《太极5》《大时代3》和《笔仙6》。

“看什么？”我问吴瑜。

“《大时代3》？我看过前两部，周冲光超帅！《笔仙6》也可以呀，据说超吓人的！”

《太极5》是武打片，不考虑，《大时代3》是爱情电影，应该比较适合约会中的男女，2点45分的《大时代3》，最后一排还有座位——

“《大时代3》呗，”我指向海报，“郭精明导的，应该不错的。”

买票队伍不很长，2分钟后轮到我们。“倒数第三排？”吴瑜问我。“那就13、14号座咯。”

“慢着！”

又是陈墨。

“看！笔！仙！”

陈墨几乎在咆哮。

“13、14，出票概不退。”售票员的手指即将触上屏幕。

“等一下！”我一把抓住售票员的手腕。

不理会售票员愤怒的表情，我转头问吴瑜：“要不，我们看《笔仙6》？”

吴瑜睁大眼睛，表情吃惊。停顿3秒钟，她笑起来：“可以呀，反正都是我想看的啦。”

我们买了两点半的票，买票全程，售票员脸色发绿。离开场还有半小时，我给陈墨去了条短信：你怎么不早说？

“断网了刚才……你们看的什么？”陈墨问。

我回短信：笔仙……为什么是笔仙？

陈墨说：“就怕货比货，看过周大帅哥，姑娘马上觉得你很挫。看恐怖片嘛，你长得总比鬼好看点吧，还有，因为姑娘害怕，你就能给她安全感。对了，看电影的时候，留点注意力给耳机，我这边也在看，快进着看，到时候会给你指令。”

电影开场，的确恐怖。银幕上，一桌人围着一支铅笔，纹丝不动，两眼发直；吴瑜胆子不大，和每一个娇弱的少女一样在我身旁不间歇地惊呼。电影放到一半，耳畔突然传来陈墨高8度的喊叫，在黑漆漆的电影院，陈墨陡然炸裂的嗓音惊悚无比：

“预备！”

我虎躯一震，预备干吗？

“牵她手！现在！”

我的视线往下，看见吴瑜的手规矩地放在膝盖上。我右手哆哆嗦嗦伸出去，又颤颤巍巍缩回来，耳边又是陈墨一声大喝——

“牵！啊！”

信墨哥，得永生，咬紧牙关，走你！手伸出，动若风雷，三尺之地，虎啸龙吟——

砰！

银幕上，女主角身后突然出现一名血肉模糊的无脸男子，该不明男子举着根貌似棒球棍的大棒，把女二号砸了个非死即残。

这算是电影到现在为止最恐怖的画面，轻松掀起整个电影院的高潮，一时间大呼小叫此起彼伏，而吴瑜被吓得全身收缩。彼时，我的手悬在吴瑜手背大概10厘米的地方，甫遭影院音响惊吓，我手一沉，就此搭在了吴瑜的手背上。

我的手触到吴瑜冰凉温润的皮肤，感觉火星子正从我们的肌肤相碰处溅起来，几乎是条件反射，我的手松开了吴瑜的手背。这时才感觉到自己的衬衫已经被汗水浸透，它正死乞白赖地贴着我的后背，潮湿又黏腻。

功亏一篑，功亏一篑啊！

我羞愧难当，我心如死灰，我对不起自己，对不起陈墨，陈墨如相问，我无话可说，毕竟成事在他，败事在我；牵手的动作，从轻触，到握住，最后到十指相扣，我和陈墨操练了无数回，在我的家里，或者在陈墨的家里，我多少次牵起陈墨的手，从生疏到娴熟，从犹豫到果断，我自信可以万无一失。

“要么不做，要么做绝。”出发之前，陈墨三令五申，“千万别缩掉！”

但我终究还是退缩了，以最耻辱的方式，耳畔传来陈墨粗重的鼻息，如同审判。

半分钟，像是过了半个世纪。

半分钟后，吴瑜握住了我的手。

头皮一阵发麻。

紧接着，翻腕，握住，十指相扣，一气呵成。

再然后，吴瑜的脑袋，轻轻地搁在了我的肩膀上。

感觉腿飘了起来，地板像棉絮一样软，上半身却僵硬，像一座石雕。陈墨的声音传过来：“你小子事成了没有？成了，咳嗽让我听到！”

我干咳了一声，1分钟后，陈墨说：“保持状态，听我指令，切莫进一步行动！”

我心一热。

下一秒，手搂上了吴瑜的腰。

5

我搁下手机，机身发烫。陈墨站起来，拍了拍我的肩：

“你出师啦。”

“什么？”

“跟吴瑜好好谈，”陈墨一只脚踏出门，“后会有期。”

我愣在原地，看着陈墨的背影消失在门口。

一切都很突然。

一个月前，吴瑜成为我的女朋友，但陈墨的服务并未结束，按照陈墨的说法，这叫送佛送到西。陈墨仍会以我的身份与吴瑜聊天，但更多的时候，是由我亲自操刀，事后分析指导，至于约会，陈墨仍旧严格监控，他认为这是存亡之地，不可不察——当然这些售后服务都不是免费的，为此我又加了1000块钱。

“我是业界良心，”陈墨食指蘸了唾沫数钱，“我的同行，只做代把妹，追到，收钱，事后秒分，那管什么用？追得到一时，谈不了一世，授人以鱼，不如授之以渔。”陈墨把钱揣进裤兜，“你放心，这笔钱给我，我绝对负责到底，一直教到你及格毕业自立门户，和吴瑜幸福地生活在一起。”

陈墨宣告我已出师，我很开心，也很担心。未来的日子，我将直面吴瑜，没有替身，没有掩护，只能靠我的机智聪明。事实证明陈墨无愧于业界良心，在我独当一面的日子里，吴瑜和我情投意合，每天我们都能聊上两个多小时，或电话，或微信，或QQ，话很投机。

但是问题来了：

因为吴瑜，我已经连着一个礼拜没有打过DOTA了。

6

吴瑜：上班真的好累呀。你在干吗？

我：刚吃完饭。番茄炒蛋、炒土豆，我的拿手好戏！

吴瑜：有点简陋啊。

我：一个人吃饭，吃的只能算饲料……

吴瑜：我妈今天做了椒麻鸡，超好吃！

我：能把你妈妈租半天给我么……

在和吴瑜聊天的时候，我的DOTA战队好友一直在给我发送振屏。每天晚上9点，是我们例行公事玩一盘的时间，但我已经一个礼拜没有出现了。

又要我们去找路人甲！

你倒是滚出来啊！

今天再不出去，肯定把你踢出队啊！

……

我打开DOTA，火速上线，队友看到我，冰释前嫌。吴瑜的消息从手机里蹦出来：

亲爱的，你在干吗？

我迅速敲下一行字：

和你聊天呢！哪敢分心！

但我显然就分心了。DOTA战局一开，我马上变得分身乏术。屏幕上战火连绵，而吴瑜的消息则源源不断地涌入手机，我一边在键盘上运指如飞，一边在手机上应付吴瑜，而我引以为豪的手速，此时此刻荡然无存。

好久没玩了，手生了是不？

你这厮是怎么回事？

想我堂堂战队头牌居然沦落到猪队友的程度，实在心有不甘，握住手机，忍不住就想扔到一边，吴瑜的消息又在这时候闯进来：

今天上班好累啊。

我瞥了一眼手机，快速回了一句：

还好吧。

吴瑜：什么还好嘛，我说我好累啊。

我不假思索地回：

什么我好累？我不是很累啊。

吴瑜：你智商被狗吃了么？！

我看到这条才猛地打了个激灵，原来自己一直在鸡同鸭讲。屏幕上，我的战队已然险象环生，我咬咬牙，扔下手机，全力以赴。15分钟后，我的手机炸响，是吴瑜的电话，接起，吴瑜的声音怒气冲冲：

“你不是一直在和我聊天么？！”

我把手机夹在头和肩膀之间：“刚才赶了个应急文案……”

“截图给我看。”

“我……”

“截图啊！”

女友很生气，后果更严重。我猛一跺脚，关闭了DOTA。我从文件夹里找到一份过去的文案，修改了日期，截图给吴瑜发过去——

“这次算原谅你了，下不为例！”吴瑜挂掉了电话。我再次打开DOTA，我队已经大败亏输，满屏都是骂我的消息。我颓然靠在椅子上，拳头无力地捶打着键盘，说到底，这事儿都怪吴瑜；我打开手机，百无聊赖地翻开和吴瑜的聊天记录，清一色都是雷同的开场白——

吃饭了吗？

……

好累啊。

……

在干吗呀亲爱的?

……

我吃好饭了，你呢?

……

上班真的好辛苦。

……

我在发呆，你呢?

……

这可真是太无聊了，我嘟哝着，抬起头看向屏幕，队友们的谩骂仍在继续。我又心烦意乱地关掉屏幕，而吴瑜的消息又蹦了出来：

腰酸背痛……上班怎么可以这么累呢……

我耸耸肩，心有点累。打了个哈欠，用冷水洗了把脸，心头默念六字真经：

有困难，找陈墨。

7

陈墨开门，眼神狐疑。我一只脚踏进门槛：

“一单新生意。”

“这个可以有。”陈墨与我并肩走进客厅，“和吴瑜怎么样？不太顺利？”

我笑笑：“多亏你。”

“那很好嘛，”陈墨手指沙发示意我坐，“这么说，你是给我介绍别的客户？”

“不，不是。”我坐下，指了指自己，“还是我的事儿。”

“这么快就分了？”

“不，不是……”

“你要出轨？”

“呸！”

“那就是出柜了。”陈墨蹙眉，“这方面我不了解，不过我有朋友专门接这类项目的。”

“呸！”

“那你到底有何贵干？”陈墨摊手。

“最近我忙着打DOTA。”

“啊？”

“我每天要和她聊差不多两个小时，平时都没时间打DOTA。”

“也对。”陈墨手一伸，“说出你的想法！”

“和以前一样，代替我聊天。”

陈墨摇头。

“不会少你钱。”我说。

“这不厚道。”

“怎么不厚道了？”我霍地站起，“跟你说了，不少你钱！”

“你别着急啊。”陈墨扶着我坐进沙发，“我不是说过嘛，我授人以鱼，还授之以渔，你之前不会和女孩聊天，OK，我代劳，虽然是骗人，但可以原谅；现在你都能畅通无阻和姑娘聊这么久了，再要我代劳，就不好了吧。”

“但是和吴瑜聊天……”我拧着眉头，“鸡毛蒜皮的，真的是浪费生命啊。”

“还记得我跟你说过什么吗？跟姑娘聊天，就是鸡毛蒜皮。别小看了鸡毛和蒜皮，你一句，我一句，就是交心。”陈墨拍拍我的肩，“你啊，之前骗了她，那么现在就更应该真诚点儿，如果你真的喜欢她——”

“陈墨，”我打断他，“都是老同学，仗义点。我开个价，打一分钟电话5毛，成交不？”

“不好吧……”

“那我今天就不走了。”我哭丧着脸，就差流下两行清泪，“DOTA，我所欲也；吴瑜，亦我所欲也……”

“年轻人，少睡点儿觉，就能二者得兼了呗。”陈墨耸耸肩。

“能睡才能干，这话也是你说的啊！”

“冲你这句话——”陈墨摸摸下巴，“一分钟，两块钱。”

果然原形毕露。我怒视陈墨：“你这是敲诈！”

“不会太花钱的。”陈墨掰着手指在计数，“每天就聊一小时，也就100多，保证吴瑜对你死心塌地。”

“可是我要聊两个小时啊！”

“啥叫事半功倍？”陈墨说，“你呢，也不过就刚入门啦。”

我虔诚点头："那……成交？"

"成交！"

"拜托你啦！"

"那什么……"陈墨吐了吐舌头，"有句话不知道该不该讲？"

"请讲！"我做出一个"请"的手势。

"你说的没错，跟吴瑜聊天，确实无聊啊。"

8

吴瑜瞪着我，一言不发。

她瞪我，于是我也瞪着她；我们大眼瞪小眼，已经超过两分钟。吴瑜先笑场，捂着嘴窃笑，嗓子里发出细碎的笑声。

于是我也笑了。

吴瑜总是先笑场，而每次瞪我的也是她，每次见面，她都要瞪我那么一回。"为什么要瞪我呢？"我问她。"因为我在做研究呀。""我有什么好研究的呢？"每当这时候，吴瑜就会陷入沉默，她低下脑袋，摇摇头，或是咂咂嘴巴，然后抬起头，就像什么都没发生过一样。

我轻轻拍了拍吴瑜的脑袋，然后抓起她的手，放在我的脑袋上。“你看，我们这就扯平啦。”我笑嘻嘻地说。这个动作，是陈墨教我的自然化解尴尬的窍门。

吴瑜的手缩了回去，她的嘴角微微扯动了一下，她的目光在我的脸上定格了一下，然后越过我的脸投射在很远的地方，而她的笑容也就一闪而逝。

这又是似曾相识的场景，吴瑜不止一次地用同样的方式收敛笑容。我曾问过陈墨这是怎么回事，陈墨说这是爱的凝视。我的筷子悬在吴瑜的碗筷上方：“不好吃么？不好吃的话，我就吃掉咯。”

“瞎说啦。”吴瑜嚼了一大口，鼓着腮帮子说，“谢谢你，很好吃的。”话音未落，她的目光又飘向了远方。

这一次，不知道为什么，却没有在我的脸上停留。

9

晚上7点钟，办公室只剩下吴瑜和我。

最近吴瑜的话明显变少，或许是工作的缘故，我和吴瑜负责新项目的同一个模块，天天都要加班。入秋夜风拂面，我打了个寒战，抬头，吴瑜只穿了一件白色衬衫。

我脱下牛仔外套，默默地给吴瑜披上，这是男朋友该有的觉悟，陈墨曾经言之凿凿。吴瑜冲我笑了笑，低头，继续调试这个屡屡报错的程序，我站在吴瑜身后看一会儿，忽然欺身向前，在她的键盘上一阵敲击。

“阿里嘎多。”

“哦，阿里嘎多。”

迎着吴瑜的目光，我笑得灿烂。这是精心设计过的笑容，今天第一次尝试，而在此之前，陈墨不知道给我彩排过多少次——

“对，就这样，嘴巴再张大点儿，记得别把牙肉露出来……”陈墨拿起一根筷子塞在我的上下两排牙齿之间，“就这样，对，别动！空姐都是这样训练的……”

于是现在，我眉梢微抬，眼神温暖，双唇左右中线对称，咧开宽度为脸宽一半，微露上齿，下齿隐藏，完成！就是那么洒脱、倜傥，加上当年那个“阿里嘎多”老梗的再演绎，潇洒不失蠢萌，应该可以迷死三个吴瑜……

我看到吴瑜蹙了一下眉头，好像还撇了一下嘴。我有些沮丧，看来这谜之微笑还是要多加练习。我回到座位，在我眼前，一束马尾辫在显示器两侧蹦跶，我伸手，拨向吴瑜的马尾，吴瑜身体前倾，我的手指扑了个空。

是故意的么？

我再次伸手，电脑传来QQ的响铃。我缩回手，屏幕上，吴瑜头像闪动，我一呆，接着忙不迭点开——

我喜欢那些日子，那时候，

你忙还没帮，自己的脸倒先红了……

“吴瑜……”

吴瑜背对着我，仍旧沉默——

还有，你总是小心翼翼……

就像你第一次牵我手，碰到，又拿开。

“那时候我很呆的。”我说。

吴瑜的马尾停止了晃动，它安静地垂落，像顽皮过后歇息的孩童——

可是我喜欢的，一直是那时候的你啊。

我看着吴瑜的背影，我们相隔一块屏幕。吴瑜的肩膀颤抖了一下——

后来不知道为什么，你就变了。

我大脑一片空白，手指在键盘上飞快地输入，但过了很久，输入窗口依旧空空如也，而吴瑜叹了一口气——

你变得像两个人。两个我都不喜欢的人。

也是电光石火之间，我把这一小段聊天记录复制粘贴给了在线的陈墨。一会儿，陈墨的昵称旁边出现了一行“正在输入”，它们时隐时现将近半分钟，陈墨的答复终于跃上屏幕——

这不科学啊!

“这不科学啊。”

吴瑜回过头，马尾在身后；嘴唇微微颤动，轻轻地说。

我是我的替身的替身

你见没见过好莱坞凌晨四点的太阳……

1

“亲他。”

电脑屏幕上全屏显示着一张男人的照片，男人眉眼精致，鼻梁挺翘，下巴修长，中指竖在嘴唇上。我深吸一口气，身体前倾，嘴唇距离照片上男人的脸不足一寸。

“亲嘴。”

我仰起头，转了转发酸的脖子，俯身向前，我的嘴唇定格在屏幕的正前方，若即若离。

“亲！”

一滴汗从我额头流下，我觉得浑身发冷，面部发热。我咬紧牙关，脑袋刚俯向前，后脑勺遭遇到一股强大的力量，将我的脑袋用力前压。

噗。

我的嘴唇贴在了冰冷的屏幕上，而视线里就只剩下男人白皙的脸庞。

“连帅帅的嘴都不敢亲，还想红？”

压着我脑袋的手掌突然松开：“你，太弱了。”

照片上的男人叫吴帅，大陆一线小鲜肉，微博粉丝3000多万，片酬上亿。

“我再问你一遍。”坐在我身旁的男人大剌剌地站起来，“你想不想像吴帅一样红？”

我忙不迭点头，这么多年来，吴帅一直是我的标杆。我的形象酷似吴帅，五官、身高、身材，和吴帅的吻合度超过90%。我将我的照片输入各种人脸识别系统，那些人工智能最终都得出同一个结果：

吴帅。

然而我和吴帅之间，可能相差了1000个经纪公司。

同样是出道4年，吴帅收获业界顶级流量，而我出道4年，仍旧是一个名不见经传的十八线小演员。

我的经纪公司签约了十几个小艺人，如今入不敷出，已到破产边缘。我身旁那个男人是公司老板，姓王，名大红，我们就叫他大红。这是一个大腹便便的中年男人，生得一副小眼睛鹰钩鼻，自从公司走下坡路以来，额上的头发日渐稀疏。

“你要变成吴帅，首先要有胆量去吻吴帅。”大红指了指屏幕上吴帅的大头硬照：

“再来。”

我喘了一口粗气，又一次亲了上去，这一次轻车熟路，准确无误地亲在吴帅的嘴上。

“快，准，狠。”大红拍了拍手。

“记住，你只有5秒钟。”

2

我在吴帅的剧组饰演一名只有一句台词的龙套。

我饰演一个街头混混，只有一句台词，对吴帅爆英文粗口：Fuck off。按照剧本的进展，我话音未落便遭到霸道总裁吴帅的铁拳相向，这是我们唯一一次近距离接触的机会，时间只有5秒钟。

导演、摄像、灯光、场记……车库内烟熏火燎，吴帅就站在我前方五六米远的地方。他身着黑色修身打底衫，卡其色枪驳领大衣披在身上，厚重的刘海遮住额头，横眉怒目，脸颊抽搐。

“Action！”

我食指指向吴帅，脏话正要脱口而出，迎面遇上吴帅肃杀的目光，一时间空气凝固。我心中一凛，两个字愣是没有蹦出来，迟滞了一秒钟，导演喊停。

“咔，”导演冲我骂道，“傻帽，哑巴了吗？”

从头再来，再度开机，我一声“Fuck off”吼出来，居然气若游丝。话音未落，吴帅已经冲近，一记直拳当头朝我劈来。我脑门挨了一拳，随即又挨了导演一巴掌：

“傻帽，连骂人都有气无力的？”

我抬起头，眼冒金星，彼时，导演已经转向了吴帅。

“你打那傻帽，手疼不疼？”导演温柔地爱抚着吴帅的肩膀，“不好意思，咱们……再来一次？”

我突然觉得怒不可遏，酝酿了千百次的“Fuck off”如火山岩浆般在地层涌动，一开机，我的脏话随即喷涌而出，下一秒，吴帅的拳头朝我的脑门疾速飞来，我挨了一拳，不退反进，一把搂住了吴帅。

导演、场记、摄像、群演，还有我怀中的吴帅，同时发出了惊恐的呼叫。

我要感谢我那唯一一句台词，它给了我完成后续动作的勇气。我抱住吴帅，脸庞疾速凑近，却不料吴帅脑袋一仰，我的嘴唇就此贴在了吴帅的下巴上。

电光石火间，吴帅的八个保镖陡然杀到，八个身高超过一米九的壮硕大汉将我围在中间，七手八脚把我拽出片场。我站在片场外，茫然无措却又如释重负，就在刚才，我完成了整个计划中最重要的那个部分。

一辆黑色桑塔纳驶到我身边，车窗摇下，大红的脑袋探了出来：

“撤。”

打开车门，刚坐下，一张粉饼拍向我的脸。我顺从地仰起头，任邻座的大红在我的脸上涂抹，这同样是计划的一部分。

5分钟后，大红将化妆镜对准我的脸，只见我的脸庞遍布乌青，从额头到嘴角，鲜血淋漓。大红手执单反一部，冲着我咔咔咔拍了好几张照片，于是今晚的微博热搜就此新鲜出炉：

“吴帅片场遭吴帅激吻，吴帅保镖暴打吴帅。”

视频里，我的嘴唇紧贴吴帅的下巴，虽然时长不过1秒，但是场面已经足够香艳；在这个角度，我们的形象几乎别无二致，仿佛吴帅的克隆体亲吻吴帅一般。下一秒，我被八个大汉团团围住，再接着，就是我倒在车上，“吴帅”满面鲜血的画面了。

娱乐媒体连篇累牍地报道了这起事件，诸多自媒体大号纷纷操刀，他们自动脑补出无穷无尽的细节，深扒吴帅和吴厘之间不能说的秘密。微信上一篇《吴帅亲亲吴帅》的文章，发布一个小时就拿下10万+的阅读量，第二天，阅读过百万，打赏人数上千。我的微博粉丝暴涨20万，最近的微博评论、转发和赞数超过五位数，评论区唾沫横飞，不堪入目。

三天后，片约到来，我将以男二的身份出演一部院线偶像剧，片酬50万，我和大红，六四分成。

3

“电话没人接。”大红在房间里焦躁地来回踱步，“昨天上午刚谈妥的事情，怎么就变卦了呢？”

在“亲吻吴帅”事件发生后，我们又陆续制作了几个热点，比如“最像吴帅的人”，素材是一系列硬照写真。我们和娱乐媒体和公关公司谈妥报价，打算一鼓作气做一系列新闻，然而今天上午，对方一个个却都玩起了失踪。等到黄昏临近，大红的手机响起此起彼伏的微信提示声，大红掏出手机查看，脸逐渐憋成了猪肝色：“所有的合作都被取消了。”

“什么？”我大惊失色，“为什么取消？”

“全被拉黑了。”大红说，“上一秒通知我合作取消，下一秒就被拉黑了。”

“不合作就不合作，拉黑做什么？”我说，“对了，我的戏对接得怎么样了？”

大红盯着手机，没有说话，面颊扭曲。

“怎么了？”我拍拍大红肩膀。

“黄了。”

“黄了？”

“对方取消了合作。”大红说，“然后要付我们5%的违约金。”

我僵在原地，像是被兜头泼了一盆凉水。大红鼓着腮帮子，眼睛喷火。门外传来敲门声，声如洪钟，声音之响亮，仿佛十个大红在同时捶门。打开门，只见门外站着八个身高一米九的壮汉，正是片场我们遇见的那几个保镖，保镖把一个瘦弱的男人围在中间，男人西装革履，长相尖嘴猴腮，右手夹着一根雪茄。

“你好啊！吴厘。”男人说，“你们这波操作，效果拔群呐。”

“有何贵干？”大红快步上前，把我挡在身后，“我是吴厘的经纪人，大红，大小的大，走红的红，有什么事情跟我谈吧。”

“您好，我是吴帅的经纪人，大紫，大小的大，红得发紫的紫。”男人说，“没别的什么事，就是传个话，你们的戏和热搜，我都帮你们推掉啦。”

大红深吸一口气，往后退一步：“这是封杀？”

“你可以这样理解。”

“封杀个屁。”我嘟哝着，向大紫比出中指。

站在大紫左后方的保镖突然冲到我面前，一把揪住我的领子，我被拽得离地半尺，骨骼疼痛，呼吸困难。我的拳头捶向保镖胸口，却好像捶在两块铁板上，虎口被硌得生疼。

“行了行了。”大紫上前，拍了拍保镖肩膀，

“小拳拳点到为止，点到为止。”

保镖一甩手，我向后跌出几步远，一屁股摔在地上。我撑地站起来，顺道抄起一把椅子，怒目圆睁：“来啊，我要一个打十个！”

大紫突然鼓掌：“像啊，太像了。”

他身边几个保镖掩嘴窃笑，尤其是先前揪我领子的那个，居然笑得前仰后合。

“像……像吴帅？”我擎着椅子，和大红面面相觑。

“没错，你岂止像吴帅，你小子就是吴帅。”大紫说，“长相、身材、嗓音、动作、发怒气时那种娇羞的样子，和吴帅一模一样！”

“这么说，你大老远跑一趟，就是为了让保镖揍我一顿，然后看看我有多像吴帅？”

“一个人愤怒的样子，才是他最真实的样子。”大紫说，“我让保镖出手，就是为了逼你发怒，全面观察你和吴帅的相似度。”

“滚。”我再度比出中指，“带着你的人，滚。”

“你可不要后悔哦。”大紫作势转身，八个保镖齐刷刷向后转，“这家伙颜值有余，智商不足……溜了，溜了。”

“慢着。”大红突然抢到我身前，“如果你们家帅帅要一个替身，那么我家的厘厘绝对是最佳的人选，没有之一。”

“不愧叫大红，咱们联手，大红大紫。”大紫上前一步，拍拍我的肩膀，“这里聊天不方便，要不来我办公室详细聊？”

我叉着腰，一语不发。大紫耸了耸肩，从兜里掏出一张纸条：“交个朋友吧。”

我接过一看，是一张5万元的支票。

“这5万块钱，是给您赔的不是。”大紫嘻嘻笑了一下，“车就在外面，咱们走吧。”

4

我成了吴帅的全职替身。

我的化妆师和造型师将我打造成吴帅的模样，消弭掉我与吴帅之间微小的外形差距。三个月里，我反复观看吴帅参演的电影、广告、综艺节目，模仿他的一颦一笑、一举一动。

“帅帅，你可以安心去学表演了。”大紫拍了拍我的肩膀，“好莱坞那边都安排好了。”

“大紫老师，你拍错人了，”我指指身旁那个和我一样帅气俊朗的男人，“我是厘厘，他才是帅帅。”

“你确定美国那边能保密？”吴帅问。

“放心，我们是全封闭式教学。”大紫说。

“好的，我知道了。”吴帅朝我甩一甩手，“你确定这个家伙真的靠谱？”

“必须靠谱，三百人里筛出来的，the best of the best！”大紫说，“而且我和他签的是短期合同，如果不靠谱，马上换人。”

“行，那我去好莱坞就放心了。”吴帅冲我嘿嘿一笑，“加油啊，小伙子，我不在的日子里，你就是我呢。”

我龇了龇牙，回以一个十分“吴帅”的笑容。

翌日，吴帅远赴好莱坞，他将拜师好莱坞一众知名导演，系统地提升自己的演技，而这便是他雇佣我当他全职替身的原因：他不甘心做一个演技为零的流量明星，因此选择出国留学，然而这就意味着他必须在很长一段时间里淡出人们的视线，这对一个事业正如日中天的明星来说，简直是断送了自己前途和财路。吴帅需要一个替身，在他出国进修的这段日子里，代替他出演电影、出演电视剧、参加综艺、拍摄广告，而我作为全职替身，将得到吴帅净收入的3.5%，这会是一笔数量非常可观的巨款：

吴帅的新戏片酬一亿多，税后再乘以3.5%，于我而言就是接近300万的收入了。

我确实做到了瞒天过海，除了对接合作的高层，没人知道眼前的吴帅并非真的吴帅。拍戏的时候，整个剧组都以为我是吴帅本尊，他们每一个人都对我毕恭毕敬——

“吴先生，从城墙走到护城河一段，可能需要您将步子迈得更大一些……”导演低眉顺眼，小心翼翼地对我说。

“迈个屁啦！”我的中指戳着导演的鼻尖，“拜托你搞搞清楚，这是我的戏还是你的戏？”

“您的戏，您的戏。”导演鸡啄米似的点头，“您说什么，就是什么。”

“你是在讽刺我，一定是在讽刺我。”我打了一个响指，八个保镖登时冲近，把我团团围在当中，“不拍了不拍了，我要上车，消消气。”

一辆移动别墅房车驶进片场，保镖簇拥着我上车，关上车门后，八个保镖列队排开，绕车一周，背手而立。我仰躺在米黄色的地毯上，透过单向透视玻璃向外看，此时整个剧组已经停工，导演、场记、道具、演员们或蹲或坐，在烈日下眉头紧蹙。

“对不住啊各位，”我把脸埋进毛茸茸的地毯里，“谁叫这是吴帅的作风呢。”

但这并不是我躲进房车的所有原因，此时此刻，我和大红有要事相商。半小时前，我收到大红的短信，他告诉我，他找到了我的替身——

不是吴帅的替身。

是我，吴厘的替身。

而且，就在片场。

5

他叫吴朋，是新进组的演员，整部戏里只有两句台词，是一个追加的龙套角色，此刻正坐在一堆破烂的道具旁边，手里拿着剧本，低着头写着什么。吴朋毕业于上海戏剧学院，大四临近毕业，至今出演了五部话剧，是话剧界一颗冉冉升起的新星，但是在影视界，就只能出演一名籍籍无名的龙套角色了。

我打量着吴朋，脸部轮廓确实和我相似，然而由于他剪了光头，脸上又灰头土脸，所以乍看之下并不十分像我，和吴帅更是相距甚远。

“你确定他能当我的替身？”我给大红发了一条微信语音，“小伙子长得不算精神啊。”

“换发型，化好妆，绝对如假包换，”大红说，“务必暗中观察，千万不要明目张胆和他接洽有关替身的合作。”

我是吴厘，我是吴帅的替身，但我还是一个演员。自从吴帅团队取消了对我的封杀，我收到了一些片约，邀请我出演几部电视剧的二三线角色。然而我现在是吴帅的全职替身，档期排得满满当当，根本没有时间兼顾到我自己的演艺事业，因此我也需要一个替身，而大红正在帮我物色。

“把导演给我叫来。”我对保镖头子发了一条微信。

半分钟后，导演来到车厢，喘着粗气。我给自己倒了一杯依云矿泉水，慢条斯理地抿了一口，眼前的男人舔了舔嘴唇，谢顶的脑袋汗出如浆。

“下午的攻城戏，给我加一组爆破戏，”我说，“要表现出那种人仰马翻的炸裂效果，而我作为殿帅，更要在炮火来临时有身先士卒的觉悟。”

“可是剧本里没有爆破戏啊。”

“那么现在就有了。”

“可是……这是古装片啊！”

“古装片就不能有爆破戏？”我说，“大炮攻城门，不就是爆破戏么？”

“可是咱们这个戏的背景朝代是春秋战国，火药还没发明出来呢！”

“来来来，咱们这部戏，是什么题材的戏？”我站起身，在地毯上来回踱步。

“大型历史古装玄幻穿越偶像言情热门网文改编第一好看大热IP剧。”

“又是穿越又是玄幻，放几门意大利炮怎么了？”我嘟哝着，“今晚我就想吃意大利面。”

导演抿着嘴唇，鼻翼微微翕动着，几乎是要哭出来了："没……没事。我们现在就把意大利炮拉过来，让编剧重新改戏。"

两个小时后，道具组拉来了好几门大炮，大炮来自隔壁正在拍某抗日神剧的剧组，为了契合古装剧的风格，炮架上裹上了五颜六色的丝绸。新剧本也已修改完成，整部剧新增了一个人物，他是军队的高级技术官员，负责战场上热兵器的研发。

下午5点，我重归片场，距离我离开片场，已经过去了三个小时，而吴朋将在今天下午说出他在整部戏里的所有台词。

"殿帅，大事不好了！"吴朋朝我跑来，满面惊恐，"咱们的偏将军被妖怪抓走了！"

我面无表情，嗓音低沉："别怕！有大将军在呢！"

"殿……殿帅，大将军也被妖怪抓走了！"

"别怕，殿帅在呢！"

"殿……殿帅。"吴朋扑通一声跪下，"殿帅马上也要被妖怪抓走了！"

"咔。"导演喊停。

爆破戏即将开拍，我的替身就要登场，我向导演推荐了吴朋，吴朋换上了我的长发头套和殿帅服装。大红没有说错，换装、换妆、戴上长发头套的吴朋长相神似吴帅，而像吴帅，自然也就和我十分相像。

爆破师按下爆破启动按钮，吴朋和一众群演开始逃跑，他绕着城墙跑了个漂亮的S形，最后在缭绕的烟雾之中奋力一跃，扑倒了一个动作迟缓的群演，这个动作在剧本的设计之外——

殿帅奔走之际救下士卒性命，体现出殿帅的勇武和仁德，一箭双雕，起到了意料之外的表演效果。

“飘逸，风骚，帅！”我猛力鼓掌，“演得比我好！”

爆破戏一气呵成，剧组成员纷纷击掌。吴朋满头满脸的炮灰，脸上挂着憨厚的微笑。“小伙子，打哪儿来的？”我拍了拍吴朋的肩膀，“你小子，有前途啊！”

“上戏，学的表演，今年大四。”吴朋抓抓脑袋，显得有些羞赧，“平时……演话剧比较多。”

我点点头，若有所思。刚才的爆破戏，吴朋动作流畅，表情自然，还能即兴创作，演技绝对精湛。我之所以跟导演提出要拍爆破戏，正是为了让吴朋能名正言顺临时当我替身，用最直接的方式考察吴朋的演技。

“你一演话剧的拍什么电影？”我耸耸肩，“你进组这么久，就这几句台词，值不值啊？”

吴朋眼神躲闪：“就是想锻炼锻炼。”

“锻炼锻炼？”我冷笑道，“喂，你演一场话剧，多少钱？”

“学生嘛，演一场也就几百块。”吴朋低着脑袋，“专业演员的话，一场1500吧。”

“简直是打发要饭的了。”我嘟哝着。

吴朋脸色泛红，双颊抽搐，他仰起头，嘴角用力扯出一抹微笑：“是啊，不就是要饭的么。”

“咱们就直话直说吧，你来这儿当群演，是不是想在影视圈混个脸熟？”我龇了龇牙，露出吴帅的招牌笑容。

“吴老师，你看我——”吴朋欲言又止，“我有没有希望……”

“走啦，祝你好运。”我摆摆手，大步离开，打一个响指，八个保镖一拥而上。

当天晚上，我的经纪人大红联系上了吴朋。

对于大红开出的条件，吴朋全程只说了一个字：

“好。”

6

吴朋成为我的全职替身，他的收入是我净收入的10%。我出演某IP剧男二号的片酬在50万左右，对吴朋来说，5万已经是一笔巨款了。

吴朋的表现出乎意料的出色，导演们盛赞了吴朋的表现——也就是我的表现，他们夸奖我敬业而且演技出色。我，吴厘的名字，在影视圈已然小有口碑，我相信自己将彻底摆脱吴帅的光环，成为业界小有名气的实力派演员。

与此同时，吴帅的事业蒸蒸日上，这一年的演艺圈几乎是吴帅年，各大黄金片约纷至沓来。身为吴帅的全职替身，我习惯了在任何场合都毫无表情，偶尔需要我表达震惊或者喜悦之情的时候，只需要瞪眼或者弯起嘴角，就能将吴帅表现得淋漓之至。这一年里我赚了1000多万，大红的公司就此死灰复燃，他签约了好几个新晋网红，公司逐渐扭亏为盈。

我听大紫说吴帅进步神速，他的老师称赞说，吴帅已经掌握了演员的自我修养，假以时日，将成为中国电影的栋梁之材——

三天后，吴帅学成归来。

吴帅半躺在工作室的沙发上，眉头紧锁。

“好莱坞已经向你发出了12个片约，”大紫说，“放心，咱可不愁演戏的机会。”

“一定是因为我的演技。”吴帅握紧双拳，眼神坚定。

“嗯，一定是因为你的演技。”大紫附和道。

“一定是因为我的演技。”吴帅的眉眼垂了下去。

“什……什么？”

“一定是因为我的演技！”吴帅的声音陡然高亢起来，脖子上的青筋根根绽出，“我告诉你，一定是因为我的演技！”

“我知道……一定是因为你的演技……”大紫轻轻拍了拍吴帅的胳膊，翻开桌上的一沓文件，“我们看看好莱坞到底给咱发了些什么鬼……嗯，《姬陷攻略3》，你饰演美人姬的姘头，用特别的攻略，拯救沦陷的美人姬，这个角色不错的！”

“去他的《姬陷攻略3》！”吴帅扬手打掉了大紫手里的文件，“这就是一大烂片，给我的角色就是一弹吉他的废柴！”

大紫弯腰，单膝跪地，他的身体呈现着一个尴尬的弧度，仰视吴帅，“不止这一个片约，不止这一个……呐，还有《姬诀 6 》，真人CG……”

“这不是重点。”吴帅说，“他们找我拍电影，真的是因为我的演技？”

大紫站起身，低垂着腰，毕恭毕敬：“当然是因为您的演技……”

“放屁。”吴帅拿起身边的平板电脑，在屏幕上快速戳了几下，往大紫的手里一塞：

“他们看中的是我这样的演技？”

平板播放的是吴帅的电影集锦，在密密麻麻的弹幕之下，吴帅僵硬夸张的表情和肢体动作有着迷人的笑点。

“你看看这弹幕：尴尬死了，太好笑了，精神污染……”吴帅说，“这个视频我看了20遍，连我自己都没看出我有演技！”

我就坐在距吴帅两步远的位置，一言不发。

一个小时前，我刚刚结束了一场粉丝见面会，途中竟遭遇粉丝强吻，而这位女生则被我的八名保镖硬生生地打出人堆。

活动结束后，我赶赴吴帅的工作室解除合同，吴帅既然要回国发展，我的替身工作也将随之结束。然而没想到一进门就遇到了一场突如其来的争吵，当大紫开门的时候，吴帅正半躺在沙发上，嚷嚷着自己的演技。

“你粉丝多嘛，人找你拍戏很正常嘛。”大紫说，“你从国外进修回来，演技已经大有进步，随便挑部戏，就能证明自己的演技了嘛。”

“不，不是这样的。”吴帅重新握紧双拳，他的目光显得庄严肃穆，“像《姬陷攻略3》这样的戏，接再多也不能证明我的演技，只能让我沦为笑柄。”

“那你想怎样？”大紫的声音已经难掩不耐烦，“要不咱们讨论讨论，这里头有哪些戏可以最大程度秀出你的演技？”

“不用麻烦了。”吴帅骤然起身，“我要演话剧。”

“你……”我看到大紫的眼睛瞪得足有铜铃般大，下巴绝望地向上抬高，“咱谈正事儿呢，不开玩笑……”

“我在飞机上想了很久，现在终于想明白了。”吴帅在房间里来回踱步，“我要演话剧，只有舞台剧才能展现出一个演员真正的演技！”

“亲爱的不要想不开，”大紫说，“你知道演话剧意味着什么吗？”

“嗯哼？”

“意味着咱们一年少赚3个亿！”大紫的声音高亢起来，“你接一部戏，就1亿片酬，接两部戏，就有两个亿，再加上各种综艺节目和广告收入……3个亿轻松保底。但如果你演话剧，连演365天，也就几十万……这点钱岂不是打发要饭的了？而且由于你迟迟不出现在广大观众面前，你的商业价值迅速下降，你很难接到像样的片约、综艺和广告，于是商业价值继续下跌……不过两三年，你的收入连上七位数都悬！”

“都是屁话。”吴帅朝我努了努嘴，“这不还有他么？让他去《姬陷攻略3》里弹吉他，我去演话剧。”

“这就出现了两个吴帅——”大紫的声音戛然而止，“莫……莫非你要当别人的替身？”

吴帅点点头：“大紫，从现在开始，你要找一个长得像我的话剧演员。”

“这还真难找……”大紫说，“又要像你又要演话剧，这样的人还真不多……”

“不用麻烦了，不用麻烦了。”我站起身拍拍吴帅的肩膀，“长得像你和我的话剧演员？真巧，我这边正好有一个。”

7

吴帅成了吴朋的替身。

我像吴帅，吴朋像我，那么吴帅自然也就酷似吴朋。将吴帅的发型和妆容稍作打理，我们就得到了一个外表与吴朋相差无几的话剧演员。彼时，吴朋正在参与话剧的排演，他用一周的时间将自己的戏份传授给了吴帅，为吴帅接替自己进入剧组做好准备——

稍有常识的人都能看出，吴帅的演技一如既往的一塌糊涂。他在好莱坞的培训，似乎并没有产生什么明显的效果。但我没有点破，吴朋也没有，而大紫更是连连夸耀吴帅的演技，因为这显然是一个一石三鸟的决定。于我而言，吴帅的崇高追求保住了我这份月薪高达上百万的工作，而对于吴朋而言，吴帅的到来同样是一个巨大的利好。自从吴朋成为我的替身以后他就饱受时间分配上的困扰，他在电视剧和话剧之间疲于奔命，而吴帅的到来使他终于得以安心做我的替身。

自从吴帅以吴朋的身份进入剧组后，我和大紫曾多次以吴帅好友的身份进组探班，每次见到吴帅的时候他都在挨骂，而他的导演有着独特的骂人方式。“吴朋，你的演技在向你的长相不断地靠拢呐。”导演抱胸冷笑，“你长得像吴帅，连演戏都像吴帅。”

我从吴朋那里得到了一些糟糕的传闻，据说导演不止一次想将吴帅换下，但是考虑到这部戏的进度，临时换人显然不太现实，因此他只能以谩骂来发泄自己的愤慨。饱受奚落的吴帅并没有因此而丧失自信，他似乎从排演话剧中得到了真正的乐趣，回到工作室的他重复着在剧团的排演，他的目光熠熠生辉。“你见过好莱坞凌晨4点的样子么？”吴帅在排演的间隙问我。他告诉我，在好莱坞，为了能够把台词说好，他每天4点起床，4点半慢跑前往住处附近的公园，面对公园的葱葱植物大声朗读台词。“我是一个好演员。”吴帅冲着天花板张开双臂，“他看得起我，所以才骂我！一定是因为我的演技！”

在吴帅的耳濡目染之下，我很快就掌握了这句口头禅。在吴帅接了《姬陷攻略3》这部戏后，我身为吴帅的替身接受记者采访，当记者问到为什么好莱坞会找到我的时候，我几乎是脱口而出：“一定是因为我的演技。”

我看到主持人微微惊讶的表情，随即看到了转瞬即逝的窃笑，我的粉丝在台下集体发出了惊叫，在微博上纷纷夸我是演技担当。我并不是没有意识到自己说错了话，我的自吹自擂将会成为当天的娱乐圈头条。果不其然，当天的娱乐媒体纷纷讨论吴帅的演技，他们引用了好几条国内外知名导演对吴帅的评价：

吴帅的演技有着可喜的进步。

这是一个很努力的演员。

持之以恒，未来可期。

……

最后，他们得出一致的结论：

吴帅可能是中国电影的明日之星。

两个月后，吴帅第一次代替吴朋演出，我、大紫、吴朋坐在第一排的位置，吴帅脸上的痣都能看得清清楚楚。然而吴帅一个月来的努力并没有获得像样的收获，他拙劣的演技在舞台上被急遽放大，有吴帅参与的戏份都变成了一场彻头彻尾的闹剧。我不止一次听到周围观众小声地质疑，他们的疑问和愤怒溢于言表，而当吴帅不小心在舞台上踉跄了一下，台下嘘声鹊起，十几名观众霍然起身，直接退场——

整部戏结束的时候，剩下的观众不到开场的半数。

吴帅回到工作室的时候已经是深夜1点，浑身散发着浓郁的酒气。“我快被开除了。”吴帅说，他耷拉着脑袋，右手频繁地摸着自己的下巴，“我……没戏唱了。”

“不，被开除的是我。”吴朋恨恨地说，“是吴朋被开除！那个叫吴帅的人，一转身还能做回偶像明星！”

“你……你……你不懂。”吴帅眼圈泛红，一汪泪水在眼眶间摇摇欲坠，“朋朋，你知不知道我有多努力？你见没见过好莱坞凌晨4点的太阳……”

手机铃声乍响，这是吴朋的工作用手机，现在由吴帅保管。“是导演，”吴帅看向大紫，“接？”

“开免提。”

吴帅接通了电话，电话那头却长时间没有声音。

“张导？”吴帅试探性地问了一声。

电话那头传来一声重重的咳嗽，接着是张导低沉的声音：“吴朋，你愿意成为话剧界的吴帅吗？”

张导说，吴朋既然长得像吴帅，不如就以吴帅为卖点进行炒作，而吴帅的粉丝就有可能为之买单。这是一个艰难的决定，但最终得到了整个剧团的一致通过。剧团现在已经入不敷出，急需新的盈利点，而鉴于吴朋的演技正在向吴帅高度靠拢，不如加以利用，将吴朋打造成话剧界的吴帅，或许能够让剧团重焕生机。

事实证明这是一次非常漂亮的营销。张导花了1万块钱买了微博热搜，关键词“吴朋话剧界的吴帅”；紧接着，大紫用10万块钱为这一关键词买了一周的热搜，最终使得整个剧团的曝光量以几何级数增大；而蒙在鼓里的张导以为这一切全都是自己的功劳，逢人就说自己这1万块钱花得太值。流量换来了上座率，剧团的戏在一个月里场场爆满，90%的观众都冲着这位传说中酷似吴帅的话剧演员吴朋而来——

他们殊不知，站在台上的，其实就是吴帅本尊。

剧团声名鹊起，从小剧院移步大剧院，票价也随之上涨。话剧界将之视为话剧之耻，但这并不能阻挡吴朋所在剧团的迅速走红。“吴朋不仅有着迷人的外形，他同样也是一名兢兢业业的演员。”张导接受采访时说，他换了一身帅气西装，把头发梳成大人物模样，“身为一名专业的话剧导演，我们看中的不只是他的颜值，还有他精湛的演技。”

“一定是因为我的演技。”吴帅以吴朋的身份接受采访，他握紧双拳，说出他排演过无数遍的话，“坚持做自己，努力、积极、用心，做个德艺双馨的好演员。”

吴帅几乎每晚都有演出，而我同样忙得不可开交。身为吴帅的全职替身，我一连接了三场戏，简直疲于奔命。其中两部是国产电影，在国内拍摄，而另一部《姬陷攻略3》，剧组在美国好莱坞——考虑到我实在分身乏术，大半个剧组专程飞往中国来拍摄吴帅的戏份。没有实景其实没有关系，通过绿幕拍摄，回到好莱坞后，将我的人像通过技术手段抠出，与其他演员进行合成即可。为了宣传这部《姬陷攻略3》，剧组需要我与知名好莱坞演员塞尔蒂拍一张同框自拍照，相隔异地，我们分别比出剪刀手，然后通过软件将我们的照片合成在了一块儿。

空闲下来的人倒是吴朋，主要是我最近的档期有点清闲，只有零零星星几个小角色的片约，拍完以后也就无所事事。剩下的时间，他如饥似渴地看书，研读斯坦尼斯拉夫斯基的《演员自我修养》。

8

我是吴帅的替身，吴帅是吴朋的替身，而吴朋是我的替身。首尾相衔，我们形成了一个三角形，三角形是稳定的形状，我们之间的合作关系必将固若金汤。一年过去了，吴帅的片酬突破两亿，而吴朋则从一个名不见经传的小演员，摇身一变成为话剧界炙手可热的炸子鸡。

唯独没有大红大紫的是我，随着吴帅和吴朋以近乎CP的方式占据着娱乐圈新闻的头条，我正在逐步淡出人们的视线。但是我并没有觉得太失落——身为吴帅的替身，实在是太爽了。

我们在片场附近租了一栋别墅，我的化妆师就住在我的隔壁，第二天早晨为我化上模仿吴帅的妆。妆化完的时候，司机已经在楼下等了我一个小时，但我不急着上车——

我和司机开黑打上两个小时的“王者荣耀”后，才笃笃定定地下楼。

“开慢一点。”我对司机说。对于吴帅而言，迟到两个小时近乎准时，迟到3个小时才算勉强迟到，迟到4个小时……其实也没什么大不了。整个剧组热烈欢迎我的到来，烈日炎炎，他们前呼后拥围绕在我的身旁。然而我们不会马上开机，因为当我到片场的时候往往临近中午，我们在剧组简单地吃过午饭，8个菜，两个汤，然后再午睡一个半小时。

睡过午觉，就要喝点下午茶了。我在房车里吃掉传统的英式三层下午茶，然后再打两盘“王者荣耀”以助消化。两个保镖搀扶着我下车，我们慢悠悠地来到片场。“辛苦了，辛苦了。”导演快步迎上前，“要不……我们这就开始吧。”

“不辛苦，不辛苦，”我对导演说，“这都是我应该做的。”

大约是下午4点，剧组进入紧锣密鼓的拍摄工作，半小时后，我喘着粗气，感觉浑身肌肉酸痛。“辛苦帅帅，辛苦帅帅，”导演对我说，“要不咱们休息一下？”

“先不休息，再拍一会儿。”我伸出五根手指，在导演面前晃了一晃，“我可以的，再拍5分钟！”

我的助理掐秒表计时，5分钟，一秒不多，一秒不少；时间到，护送我到房车休息。半小时后，我重新出现在片场，一直到6点钟，收工。

这一切轻松得仿佛度假，但这只是我的作息方式之一，有时候我也会忙得疲于奔命。比如说，我要在上午到达剧组A，拍上一个小时，马上辗转到第二个剧组B，拍半小时后，离开，匆匆吃完午饭，坐车赶赴粉丝见面会；在车上，我会预先浏览粉丝见面会的粉丝名单，并标记出我认为漂亮的女粉，她们将会成为见面会上与我互动的对象；见面会完毕，我要与知名影星Angelacindy合作一支广告片，晚上还要参与某综艺节目的录制。

无论清闲还是繁忙，扮演吴帅的时光是如此温柔而明媚。8个助理，18个保镖，白天里长达12个小时的细心呵护，我脸上浮现出任何一点不快，都能让他们如临大敌，接着对我嘘寒问暖，精心侍奉。然而我最喜欢的并不是片场，而是各种各样的粉丝会，粉丝冲我山呼海啸，脸上挂着高潮般的表情，我居高临下微笑挥手，仿佛君临天下。吴帅，吴帅，吴帅……她们一遍又一遍地高呼着吴帅的名字，而我就在心里一遍又一遍地告诉自己，吴帅就是我，我就是吴帅。

我是吴厘，也是吴帅，但我更愿意成为吴帅。

当我卸下妆，从镜子里看到身为吴厘的自己，其实我并不喜欢他。

我不知道这种情况是何时发生的——

我找不到一个明确的时间点，在这个时间点以后，我开始讨厌那个叫作吴厘的人。

他没有2000多万的微博粉丝。

他没有接近两亿的片酬。

他没法和好莱坞巨星同框，他甚至连像样的戏都接不到……

他是一个彻头彻尾的失败者。

我一再推迟卸妆的时间，卸妆之前仿佛如临大敌。当我躺在床上，一想到我现在已是吴厘的身份，我就翻来覆去难以入眠。我在心里一遍又一遍地默念着“我是吴帅”，然而睡意仍旧姗姗来迟，我脸上每一个因摆脱妆容而清爽透气的毛孔都在告诉我，我是吴厘，我不是吴帅。

直到第二天，当我的化妆师为我化妆，感觉吴帅的妆容一点一滴堵住我的毛孔，我才感觉如获大赦。

这样的焦虑并没有持续太久，它终结于某一种循序渐进的领悟。我慢慢意识到吴帅可以是一种精神内核般的存在，而并非是某一种具体的外部实体——

只要我心里住着吴帅，我就是吴帅，我不在乎外表的皮相，因为我的内心常驻着灵魂的真实。我不再忌讳在卸妆后照镜子，因为镜子里的我就是吴帅，毫无疑问。

我偶尔会扮演吴厘的角色，这是生活所需，这会带给我一些微小的困扰，但并不可怕；这意味着我必须抛下我身为吴帅的真实身份，去扮演一个叫作“吴厘”的人。这并没有很困难，相反，我其实早就应对自如——

早些时候，是吴厘在扮演吴帅。

而现在，是吴帅在扮演吴厘。

9

这是一个普通的早晨，化妆，吃饭，打“王者荣耀”。

我和我的司机开黑得非常愉快，期间我们分别完成了一轮漂亮的五杀。下楼，楼底停着一辆黑色的帕萨特，并不是那辆体型庞大的移动别墅房车。

“吴先生好，”司机探头对我说，“不好意思，今天我只能用这辆车来接您。”

“原来那辆呢？”

“应该是在维修。”

“保镖呢？”

“你看这车……怎么可能塞得下那么多人。”司机说，“他们好像已经提前到了片场？嗯，大概吧。”

我不喜欢这种模棱两可的陈述，更不喜欢如此因陋就简的安排，这是对吴帅的严重怠慢，足以让我大发雷霆。我刚完成五杀，心情大好不想与之计较，司机为我拉开车门，我钻进后座，不发一言。

“开慢点啦。”我说，然而司机似乎充耳不闻。

“喂，慢点！”我挥拳捶向司机的座椅。

然而司机无动于衷，居然还踩下一脚油门。我在惯性作用下身体前倾，撞向前排座椅的软垫，软垫缓冲掉了绝大部分的冲撞，但是前额还是被磕碰得生疼。

行，算你狠。我感到怒火已经燃烧到了额顶："你被解雇了！"然而司机仍旧一言不发。我给大紫发了一条微信，历数了司机在半小时里对我的忤逆之举，并要求大紫为我换一个司机。大紫很快就给予我回复，只有两个字：

"呵呵。"

我瘫坐在座位上，不祥的预感缓缓升起。我看向司机，注意到他瞥向我的神秘余光和嘴角弯起的诡异弧度。帕萨特继续开往片场，我心中的不安随着时间的推移不断上升。在距离片场50米左右的位置，我看到了似曾相识的车，银灰色，体形硕大，赫然是一辆移动别墅房车！

就是我的那辆房车，如假包换。我看到了车牌，这是我终生难忘的一串字母和数字。然后我看到了一个穿着打扮和我一模一样的人缓缓下车，身边跟着8个保镖，接着，帕萨特转过一个小小的弯，于是我看到了这人的正面：

吴帅，这是如假包换的吴帅。

我大声惊叫。

车辆掉头，朝远离片场的方向疾驰而去。

“很遗憾地通知您，我们的合约到此为止。”大紫声音平静得仿佛死水，“根据事先签署的协议，我们将赔付您两百万的违约金。”

“吴帅不需要替身了？”

大紫耸耸肩：“关你屁事。”

司机返回我们租住的别墅，大紫的房间就在我房间楼下。一路上我试图开门，但是司机已经锁死了帕萨特的门窗。我高声咒骂司机和大紫，然而司机不知何时戴上了耳机，车载音响播放吴帅的专辑《9》，震耳欲聋。我给大紫发了十几条微信，穷尽我所有的脏话痛斥他的厚颜无耻，而大紫唯一的回复，就是给我发了一个笑脸表情。

我到达大紫的工作室，摆在我眼前的是一沓厚厚的协议，当我在协议的末尾签字，就意味着替身生涯的彻底结束。“签吧，别磨蹭。”大紫说，“等会儿有得你忙了。”

我推开大紫工作室的门正要摔门而出，大紫突然把我叫住。“喂，等一下，”大紫朝桌上的一部手机努了努嘴，“喏，你的手机，还你。”

我取过手机，这是我在当吴帅替身之前用的工作手机，现在理应在吴朋手上。我满腹狐疑地瞪着大紫，接着就被大紫的保镖推出了门。

手机铃声乍响，来自大紫交给我的手机，电话来自我过去合作过的一个姓顾的导演，我的替身吴朋现在在他手下出演一个配角。我犹豫着接起电话，电话那头传来一个盛怒的声音："吴厘，轮到你拍戏了，你人在哪里？"

我深吸一口气，勉强稳住情绪："我在路上，马上到！"

电话挂断，只剩下嘟嘟嘟的忙音。

我用吴帅身份的手机拨给吴朋，才得知这一用吴帅身份证办理的手机号已被注销。我再以吴厘身份的工作手机拨给吴朋，对方已经关机。铃声响起，大红来电，我听到电话那头传来一声拳头敲击桌子的巨响：

"就在刚才，他们撕毁了合同，现在，吴朋和吴帅，互为替身。"

我早该想到的。

吴帅是吴朋的替身，吴朋是我的替身，我，吴厘，是吴帅的替身。

这并不是什么稳定的三角形，而不过是一个简陋的闭环。

在这个闭环中，有一个环节明显是多余的：

我。

吴帅想演话剧，所以成为吴朋的替身。

吴朋想有更高的收入，直接成为吴帅的替身就行了。

所以中间为什么一定要安插一个我来衔接两者？

对于吴朋而言，这直接使其减少了90%以上的收入。

而对于吴帅而言，演技比我高出一筹的吴朋，也更能为吴帅在业界博得一个更好的名声。

在大紫的操作下，吴帅是业界炙手可热的流量明星，吴朋借助吴帅上位风靡话剧界，而我仍旧是一个名不见经传的三线演员。

因此，在这个闭环里，我就是一个多余的人，构成了一个冗余的环节，毫无意义。

这一年多的时间里，我们似乎都将这个闭环视作理所当然。毕竟，当吴朋加入进来的时候，我才是核心人物——我既和吴帅合作，又和吴朋合作，还为他们牵线搭桥，这就使我们产生了思维定式；然而当他们醒悟过来的时候，就选择把我一脚踹开。

“一个好消息是，你所在的剧组就在吴帅的剧组附近，大概十公里。”大红说，“你现在打车过去，只要20分钟。”

“打车？20分钟？”我几乎就要哭出来，“这算什么好消息？”

“你想不想演戏？”

“想！”

“你还要不要在圈子里混？”

“要！”

“那就马上给我过去！”大红吼道，“我帮你叫了辆网约车，两分钟后到你楼下。”

一分钟找到洗手间，一分钟卸妆，半分钟下楼，车程20分钟。

大红把剧本电子版发到我手机，告诉我当天拍摄内容的剧本范围，我要在20分钟认清楚剧组的各个成员，通读当天的剧本并尽可能记住角色的每一句台词……20分钟，我从未度过如此紧张刺激的20分钟。到达片场的时候，我勉强记住了四分之一的台词，脑袋一片混沌，仿佛塞满了糨糊，怒气冲冲的顾导朝我快步走来，然后当头就给了我一记响亮的爆栗。

“一大早就开溜？在我面前耍大牌？”导演的巴掌扇向我左右脸颊，“你还真把自己当成了吴帅？”

是啊，我就是吴帅。我的脑袋里闪过一阵霹雳，我回忆起我对吴帅和吴厘的身份有着怎样微妙的定义。“我就是吴帅啊，”我昂着头，“你居然打我？”

“你疯了。”顾导说，他拿过一面镜子，竖在我的面前，“你还不撒泡尿照照自己的嘴脸？你以为你亲过吴帅就是吴帅了？”

我的思维回归我已被驱逐的真相，现在我必须接受我是吴厘的事实，我穿上宽袍大袖的古装，在烈日下一连拍了4个小时，并挨了4个小时的痛骂。黄昏时分，一辆硕大无朋的房车自远方驶来，从房车上下来了一位名叫李丰的偶像明星。作为业界和吴帅齐名的偶像明星，李丰也有自己独特的工作风格。李丰到达片场时全场轰动，导演、摄像、服装、道具，一群剧组人员奋勇上前，嘘寒问暖：

“这么热的天，真是辛苦啦。”

“应该的，这是一名演员的基本修养。”李丰负手而立，气宇轩昂，“水。”身边助理赶忙递过一瓶矿泉水。

“瓶盖！”李丰嫌弃地咂咂嘴。

身边的助理忙不迭地拧开瓶盖，将矿泉水凑到李丰嘴边。

“依云？”李丰斜睨了一眼，“太奢侈了太奢侈了，下次请给我农夫山泉。”

李丰说完，对顾导微微颔首：“节俭，也是演员的自我修养。”

“对对，演员的自我修养。”先前还凶神恶煞的顾导微微弯下腰，“您看，咱们什么时候开始？”

“就现在吧。”李丰把矿泉水交给助理，“时间不早了，我们要抓紧时间，这是演员的自我修养嘛！”

我和李丰有一小段对手戏，戏里，李丰手中剑指向我的咽喉，朗声呵斥。然而李丰的表情实在是黯淡无光，台词气息虚弱，完全没有正派人物的气势可言。“再来一遍，”顾导说，“要演出……”

“不用了。”李丰摆手道，“再拍一遍，就是在浪费资源，节俭，是演员的自我修养。”

“可是……”顾导抓耳挠腮，“再来一遍，一遍就好……”

“节俭，是演员的自我修养，你到底懂不懂？”李丰突然瞪起双眼，两只眼睛仿佛铜铃般大，“不拍了不拍了！拍个鸟，连演员的自我修养都不知道！”

李丰在助理和保镖的拥护下回到硕大无朋的房车，在众目睽睽之下绝尘而去。顾导呆若木鸡地站在原地，满头满脸的汗水似乎都泛着惊恐的光泽，他突然朝我快步走来，劈头盖脸就是两个巴掌：“都因为你小子迟到，都因为你小子迟到！”

不容我辩解，摄像和副导演也朝我投来唾弃的目光：

“傻帽。”

李丰虽然不在现场，但是我们还是得拍完剩下的戏份。片场升起巨大的绿幕，我们以绿幕为背景开始拍摄，我想象李丰在我面前，然后对着空气说出台词；明天李丰来到片场，就让李丰在绿幕前出演，再通过抠图技术，将演员的人像抠出，然后和我合成在同一张背景里。

结束拍摄的时候已经是晚上8点，劳累又饥饿的我感觉头晕目眩。我打车回到大紫为我租住的别墅，我的房间仿佛遭到洗劫，衣橱鞋柜空无一物。房间正中，放着一个硕大的包裹，包裹旁边放着一碗桶装的方便面，方便面上贴着一张字条：

你的行李都在这儿了，拿好东西走吧。

烧水，泡面，吃面，一碗面，仿佛度过了一生。我记得我刚来到这里的时候已是深夜，我对助理说，我想吃一碗泡面。同一碗面，同一种口味，同样黏稠的夜色，那时候初来乍到，房间和现在一样都是乱糟糟的；我还记得那天我冲着方便面打一个响指，我的贴身助理随即为我做好了关于泡面的一切：撕开包装、添加调料、倒入热水，动作娴熟得仿佛经过排练，3分钟后，我的贴身助理捧面上前，一口一口把面喂入我的口腔。

鼻子发酸，眼泪落入浓油赤酱的面汤，这碗面，是我身为吴帅那些日子里的最后残余。3个月前的吃面回忆如潮水般汹涌而至，同一碗面延伸出迥然不同的回忆和现实，于是就模糊了身份的边界：

我是吴厘吗？

我是吴帅吗？

我是要成为吴帅的男人吗？

身为吴帅的那些日子是多么甜蜜，身为吴厘的生活又是多么忧伤，同一碗面，两种人生，一手天堂，一手地狱。

我爱吴帅，我也恨吴帅。我爱他带给我的鲜花和掌声，我恨他釜底抽薪没有给我留下任何余地。当我已经全盘接受吴帅那个自我的时候，当我已经把吴帅视作灵魂里的一个部分的时候，他却要用这样的方式卸磨杀驴？

我是吴帅，我过去是吴帅，我现在是吴帅，我未来还将是吴帅。

既然我现在不是吴帅，那么你也别想成为吴帅，吴朋如是，吴帅亦如是。

我吃下最后一口面，仰头喝下辛辣浓稠的面汤，仰起头，眼泪正涌出眼眶，瞳孔里怒火熊熊：

我是吴帅。

我恨你。

10

我背起行囊，走出别墅，一辆移动别墅房车缓缓驶来。从车上走下来一个人，前呼后拥着一队保镖，他是吴帅的新替身，吴朋。

吴朋用吴帅的眉眼凝视着我，目光包罗万象又好像空无一物。和吴朋擦肩而过的瞬间，我闻到了熟悉的味道，那是一缕优雅的男香味道。我贪婪地吸了吸鼻子，鼻腔里登时充满了吴帅的气息，那本是我的气息。我回头去看吴朋，吴朋也正在看我，他的嘴角勾勒出冷峻的笑意，然后用一个白眼结束了我们的对视。

我找了一家快捷酒店住下，然后订了第二天下午的机票。我已经不在乎今天待过的狗屁剧组，我要放他们一个大大的鸽子。我拉黑了顾导的微信，屏蔽了他的手机号码。我想象着我缺席后顾导震怒的模样，恶作剧的快感不过让我微微耸一耸肩——

这一切和我接下来要做的事情相比实在微不足道。

我用手机写了一封长长的信，详细描述了我怎样成为吴帅的替身，吴朋又怎样成为我的替身，而吴帅又怎样成为吴朋的替身。过往的场景纷至沓来，吴帅的生活在我脑海里卷起风暴，我的思维游走在混沌和清晰的两极，这封长信，我写了整整一个通宵。

我把这封长信投向7个电子邮箱，电邮的主人是7名业界知名狗仔，他们分属7家娱乐媒体，在微信、微博等多个自媒体平台拥有数10个百万粉丝的大号。接着，我将这封长信的内容做成长微博，设定在明晚8点20分定时发送。

现在是凌晨3点半，万事俱备，只欠东风。

我将手机关机，然后沉沉入睡。

我睡到中午起床，搭上下午的航班，航班的终点并不是我家所在的城市，而是西南边陲的一座小城，我要给自己放一个悠长的假期。

我知道自己正处于舆论旋涡的中心，大半个娱乐圈因我而震动。我给狗仔们的电子长信将会是对吴帅和吴朋的雷霆一击，然而伤敌一千自损八百，我的演艺生涯可能也将就此终结。

但是至少现在，这一切和我没有任何关系。

我在新的城市买了一张新的电话卡，用新卡号注册了各种出行和支付类APP，再绑定上我的银行卡，安装出行和支付就不再成为困扰，然后卸载掉了所有的社交和新闻APP。

现在，我泡在温泉客房的温泉池里，隐姓埋名，身心放空。我想象着风暴刮起，舆论炸裂，新闻迭出。替身、互为替身、三角替身，这将是空前绝后的丑闻，丑闻背后暗流涌动，各个势力争相竞逐：

业界狗仔来回奔波，相关热搜层出不穷，水军出没，黑粉雀跃，公关团队通宵达旦……

毋庸置疑，吴帅将遭遇职业生涯最严重的一次公关危机，他极有可能将因此走向盛极而衰的道路；至于吴朋，他的职业尚未开始，或许就将迎来彻彻底底的结束。

我取过套着防水套的手机，手机的壁纸仍是吴帅的写真，屏幕上的吴帅剑眉星目，嘴角痞痞地上扬，而我仿佛是在注视着另一个自己。寂寞和孤独突然间攫住了我的神经，正所谓“思念是一种病”：那些和吴帅有关的喧哗犹在眼前，此时此刻我却默默无闻形单影只，那些血脉偾张的记忆，让我意识到我现在的人生是有多么荒凉。

偌大的房间鸦雀无声，冷清得让人心慌。

我需要一些声音来填补周边空间里巨大的空白，我轻触手机屏幕，随便下载了一个音乐APP。鬼使神差地，我点向首页推荐里的吴帅新专辑，下一秒，吴帅的声音轻柔地抚摸着我躁动的神经：

做啥子9

我和你双击一发6

老铁扎心我们的司机不太讲道理

温泉泡得我浑身无力，吴帅的靡靡之音加强了催眠效果，我出了温泉池，擦干身体，躺在床上打算睡到自然醒。我把手机扔到一边，睡意向四肢百骸弥漫，手机推送乍响，在睡意彻底覆盖我意识之前将我惊醒。

是来自“XXOO音乐”APP的推送：

吴帅和吴朋合作的新歌“233”出炉，抢先收听！

吴帅和吴朋出新歌了？

这么说，刚才那首歌里混杂着的是吴帅和吴朋两个人的声音，而由于两人的声音是如此相像，我居然都没有听出来？

等一下，他们现在应该被狗仔黑得焦头烂额才对，怎么还有空联袂出新歌？

别去管他们，我深吸一口气，现在的我要享受自己的生活，这样的生活和大红无关，和大紫无关，和娱乐圈无关，和吴帅、吴朋也无关。我一觉睡到晚上9点，饥肠辘辘，打车到一处烧烤摊，要了三瓶啤酒，两打烤串，烧烤摊位放了一台收音机，现在播放的是《爱情买卖》，节奏嚣张，十分应景，一曲完毕，突然曲风一变：

做啥子9

我和你双击一发6

我扔掉烤串，夺路而逃。

我回到酒店，坐在酒店餐厅的一处角落吃饭。白色餐巾，高脚酒杯，享受一个人的烛光晚餐。柔和的蓝调音乐典雅迷人，使我陨落的食欲重又升起，我拿起刀叉，伸向盘中七分熟的菲力牛排——

做啥子9

我和你双击一发6

吴帅和吴朋的声音再度在耳畔响起，食欲再一次无影无踪，我匆忙结账，留下一桌子一勺没动的昂贵菜肴。吴帅无处不在，而我避无可避，我必须知道，在吴帅身上究竟发生了什么。我回到自己的房间，连接Wi-Fi，用手机搜索吴帅的新闻，在搜索框输入“吴帅”，还未等我点击搜索按钮，关联搜索词赫然跳了出来：

吴帅吴朋

吴帅新歌

吴帅吴朋新歌233

我选择“吴帅吴朋”，点击确认。

万万没有想到，吴帅的事业登上了新的高峰。

刚开始发生的一切都在我的意料之中，三角替身的消息被5家八卦娱乐媒体迅速转载，一小时内，“吴帅替身”的关键词高居微博热搜榜首，吴帅瞬间处于舆论风暴的核心。

3小时后，微博热搜榜首被“吴帅演技”替代；再过3小时，微博热搜榜首变成了“小鲜肉演技训练营”。

12小时后，“吴帅吴朋CP”高挂微博热搜榜第一位。

3天后，吴帅和吴朋的新歌出炉，成为吴帅新专辑的主打歌。

而舆论则从最初的骂声一片，变成了异口同声的褒扬：

吴帅，可能是业界最具有职业精神的偶像明星！

多家娱乐自媒体连篇累牍地发文，他们异口同声地表示吴帅是无辜的。文中，他们称赞吴帅是一名执着演技的优质偶像，其中，一个叫作“不八卦不成长”的自媒体如此夸耀吴帅：

> 吴帅寻求替身的动机，是为了出国深造和出演话剧，这一切都体现出吴帅对于演技的强烈渴望和追求。作为被资本裹挟的娱乐明星，吴帅无法抛弃偶像包袱去精进演技，因为偶像包袱意味着资本收入，这是整个团队赖以生存的本钱。吴帅不缺钱，但是他必须照顾自己的团队，或者说，是他的团队将他逼上“寻求替身”的梁山。吴帅只能在夹缝中求生存，通过替身的方式来追求自己的梦想，这固然不道德，但这或许是吴帅追梦的单行道。从这个意义上说，吴帅替身事件是娱乐圈资本市场的悲剧，而吴帅本人则是一个脱离了低级趣味的优秀演员……

一切为了演技，演技就是一切。吴帅被业界尊为“最在乎演技的小鲜肉”，他的话剧已经到了一票难求万人空巷的地步。而对于三角替身的收入，吴帅表示自己其实另有计划，在采访中吴帅如是说：

“我会将来自替身的演艺收入，投入我亲自创立的名叫‘小鲜肉演技训练营’的公益组织。该组织总部设在美国好莱坞，旨在无偿训练年轻演员的演技，培养他们成为一名合格的演员，让他们见识好莱坞凌晨4点的太阳。我不应该寻找替身，对此我深感抱歉，但是希望大家不要迁怒于训练营，不要迁怒于在训练营辛苦培训的年轻演员，他们都是有梦想的人。”

而吴朋也得以借助吴帅鸡犬升天。那个曾经的吴厘的替身，那个只能在剧组打杂的龙套演员，已经成长为知名度堪比一线大咖的偶像明星。吴帅和吴朋成为官配CP，娱乐八卦媒体不厌其烦地炒作他们两人的关系；粉丝圈将两人视作天作之合，“吴朋替身吴帅”这件事本身，居然成为一段真爱的美谈。

至于吴厘，也就是本人，几乎所有人都将其视为卑鄙小人。他的微博遭到了无穷无尽的谩骂，最新的长微博底下评论过万，清一色都是来自吴帅和吴朋粉丝们的污言秽语，而在最初的风波过后，主流娱乐媒体早就将吴厘抛在了一边。

我和大红解约，和娱乐圈彻底断绝联系。

或者说，大红和我解约，娱乐圈和我彻底断绝联系。

我在吴帅的替身岁月里赚下了一笔数目可观的储蓄，在边陲的这所小镇安了一个家，生活平淡而无所事事。一个阳光明媚的午后，我买了一张吴帅的巨幅海报，贴在床头。海报上，男人眉眼精致，鼻梁挺翘，下巴修长，中指竖在嘴唇上。

我注视着男人的模样，耳畔回荡着一个久违的声音，我深吸一口气，身体前倾，嘴唇距离海报上男人的脸不足一寸，大脑里漂起一阵微妙的涟漪，有些东西开始重演，像是被推倒的多米诺骨牌——

“亲他。”

“亲嘴。”

“亲！”

校园异能团

汝可知，就是大丈夫，挂了气象，也就成小媳妇了？

东方小马出现在后街32号门口的时候，于20码开外的吴厘刹住电瓶车，而左脚尚未点地，他便看见一张鼻梁鹰钩的侧脸，又兼大嘴浓眉，端的是凶悍之至。

也就在此刻，于吴厘身下电瓶车重心倾斜之际，在东方小马的脸颊一侧，忽而升腾起一片焦黄色的雾气。此雾于半空之中无中生有，声息全无，而东方小马的脑袋，就这样整个陷落于黄雾之中。

东方小马只是吐了吐舌头。

如同将视频反向播放，黄雾从有到无，刹那间又消失在了空气之中。这一切十分短暂，因为当一切结束的时候，吴厘的双脚依旧踩于踏板之上，而左脚仍未点地。

如果当时吴厘知道，东方小马吐了不止一次舌头，而是吐了4096次舌头的时候，就算被抽筋扒皮，吴厘也绝不敢再向前走一步了。

吴厘不过将这一切当成是意识紧张而产生的幻觉，或是把那明媚的街灯当作阑珊的雾霭。吴厘翻身下车，在东方小马踏入32号的时候，忙不迭拔腿尾随其后。

后街32号，“浪浪”宾馆，是E大知名的小旅馆，虽然门庭破败，但是内容丰富，388块一晚的总统套房尤为知名，而它与188块双人大床房的区别，就是在房间的角落多放了一张沙发。夕阳西下，或是夜色朦胧，此地E大学子，或两人同行，或三人一组，就来彼处干些颠鸾倒凤的勾当。

而东方小马却是只身前来。

他只是来拿点东西。

“浪浪”前台，老板娘斜靠躺椅，手拈牡丹烟，姿态雍容，正在假寐。东方小马趋前，摸出三张红色纸币：“306，总统套房——”语未毕，老板娘虎躯一震，钱柜打翻，掉落一地五毛，而蜷在墙角酣睡的黑猫则忽而跃起，一溜烟撒丫子蹿出门外。

三分钟后，三楼一间房亮起灯光，吴厘凝神记住方位，猫腰窜入“浪浪”。老板娘起身阻拦，可惜受阻于前台，等她绕至台前的时候，吴厘早已窜入三楼走廊。

“浪浪”三楼千回百折，转过数个弯角，306已在身前。吴厘双拳捏紧，关节发出格格爆响，抖了抖脚踝，便准备着踹门而入。

而后，吴厘从三楼倒飞而出。

接踵而至的，是一团骤然出现的黄雾。

如同置身月球表面，吴厘脚下失重，身体如颠覆于云雾之上，在空中悠悠晃晃，最后施施然落地生根。而若有旁观者观之，吴厘则是急速下坠，眼看落地就要悲剧，轻则伤筋动骨，重则一命呜呼，但吴厘双脚着地后，居然全然无碍，活动自如。

“这，是你小子来的地方么？！”

吴厘闻声回转过头，遂见一胖大之人。此君着黄衣，身量是吴厘三倍有余，脸上肉褶子如起伏的山峦般层层叠叠，此刻正眯起一双鼠睛似的小眼，掀动着鼻翼，状似极其恼怒。

“嗨，老王！你来这里干什么？”

“我倒要问你——”王若需皱眉道，“你来这里干什么？”

吴厘拉开外套拉链，露出贴身弹力背心，背心之下，胸肌鼓突：“风纪部执行任务。有人举报东方小马最近每晚都出去开房。”

“开房都要管……你这部长是不是管得太宽了？”王若需走上两步，拍了拍吴厘的胸膛，“姓吴的，你真以为身上长了两块腱子肉就了不得了？居然想打探‘浪浪’306的秘密……简直胆大包天！”

“秘密？”

“还装！”王若需翻了一个白眼，冷笑道，“东方小马料你是个白板，也任你扮个跳梁小丑，可你居然还想破门而入，当真是不要命了？”

吴厘把脚下踏板空踩了三个来回：“什么是白板？”

“身上没功夫的人，谓之白板。”

“白板……功夫？”

“我念及室友之情，救你一命。”王若需声音猛地一沉，“是我把你从二楼‘托’出去的。”

“救我？”吴厘一挺胸，胸肌几乎就要崩裂衣物，“这又是哪门子屁话？”

“以‘浪浪’为圆心，方圆百米已被罡气环绕，半个钟头里，你就是想出去也出不去了。”

“地摊武侠真要人命，”吴厘忽而大笑起来，“客官，我看你骨骼清奇，是练武的奇才，要不要我卖你一本葵花点穴手？”

“呃……那个我还真会……”

“啊？！”

“空口无凭，也是白费口舌。”王若需甩了甩手，“这样，你就当我发神经，走吧。”

“不早说……”

吴厘骑上电瓶车，两条腿仍旧战栗不止。方才自三楼坠落，惊魂甫定，又听得舍友一阵莫名其妙的言语，吴厘虽显得声色俱厉，但其实早已色厉内荏。骑了将近百米远，回身再看王若需，视线中，已不及灌木高。

也就在此刻，吴厘的脑袋未及回转，正为自己大难不死而欣欣然之际，猛听得一声巨响，胯下坐骑忽而倾覆，像是忽然撞上一坚硬墙体，惯性作用下，吴厘整个人飞扑出去，摔了个狗吃屎——

但于吴厘四围，其实空无一物。

“他没有说错。”

这声音细腻而尖利，如同针尖入耳，令人极不舒服，绝不可能出自王若需。吴厘茫然回首，可是抬眼处，除王若需外并无旁人，就在他错愕之际，那个声音再次传来：

“我在这里。”

“哪里？”

“你往左看。”

吴厘侧首，方才看见，一具七尺之躯正距吴厘至少40米的灌木丛中长身而立。

“卫……地……成？！”

卫地成是吴厘同窗，此人身材羸弱，骨瘦如柴，音色向来阴柔，却从来不像今天这般诡异。此刻他和吴厘相隔将近1.5个篮球场，他一发声，就搅得吴厘整个身体自内由外地发麻，及至“卫地成”三字出口，吴厘脸色泛紫，一具身子骨像是旌旗似的在夜风里飘来摇去。

“卫兄，汝可知，你若再多说三个字，我这位不知天高地厚的兄弟就将遭不可逆之重创，轻则无法发声，重则一命呜呼，这生死大事，你我可是担待不起的。”

王若需言罢，近四百斤的庞大身躯拔地而起，顷刻间倏忽不见，而几乎同时，吴厘的周身骤然升腾起一股焦黄色的云雾——

与之前所见别无二致。

吴厘只觉两枚温润滑腻之物戳中自己后背，而被戳中之处忽而生出一冷一热两种感受，所感自毛孔顺流而下，仿佛体内注入一冷一热两股水流，于弹指间在体内绕行一周，所过之处，麻木消失，也就一个睁眼合眼的工夫，身体已然恢复正常。也是片刻间工夫，黄雾消失，王若需犹自站在原处，正抚摸着那如临盆孕妇般的大肚子。

“嘘嘘兄的葵花点穴手名不虚传，轻功更是入臻化境，今夜卫某大开眼界，佩服，佩服。”卫地成的声音仍旧清晰，但却没了先前那般令人为之气窒的尖刻，“也是我想当然，私以为今日在此一会的朋友，多少都应该带点功夫，而不知道这位兄台居然是个白板，所以说话没了分寸，这里先行赔个不是。但我不明白的是，王兄及王兄的朋友，今日怎有这番闲情逸致，在此万籁俱寂之时，于此僻凉之处做一番小聚呢？”

“这个问题，倒也要请教您了——”王若需微微欠身，“您这藏身之处，可真是难觅得紧哪！”

卫地成耸一耸肩，跃出灌木之外：“王兄先前飞身而战，情状甚是惊险，可惜鄙人眼拙，未及看清，却不知彼时境况如何？”

王若需沉声应道：“我与之拆了4千余招，但尚不知其是否尽力而为。总而言之，莫测高深，还是小心为是。”

“你们在说什么……”

两番命悬一线，吴厘早已肝胆俱裂，再闻卫地成声音，已是两股战战，而随时间推移，方觉并不致命，听两人说这么阵话，直感云山雾罩，不知所云，遂发一问，竟无音节不颤。

“待我慢慢说来。”王若需微微一笑，轻拍吴厘的肩膀，“东南方向的灌木，枝蔓比平时要拔高二寸，是基地班的谈离山据守在此，此人修为皆在下盘，扎马站桩，脚掌发力，可生出两千公斤的力道，覆盖方圆一米内，足以使此处植被的根系全体脱离；西南墙脚，白气氤氲，那是师范班的丁二三在呼吸吐纳，此君内外兼修，修内家太极拳法，却又极重视外家法门——此刻其一身衣衫已如铁打，这一套金钟罩铁布衫的功夫，使空气流动产生行迹；在‘浪浪’的背门，每10秒钟就会有一束蓝光冲天而起，光束极细，即使是像我这样的练家子，也只能瞅个勉强，那是GIS班的孟离正在行使移形换位之法，她上天遁地顷刻之间，又通咏春拳术，虽是女流，但出手恁是诡谲狠辣；而‘浪浪’的屋顶——”

吴厘仰起脑袋，蹙眉细看，楼顶上无星无月，只有一团如墨的黑云，并无什么奇异之处。“看不出？你再仔细看那云彩——”吴厘眯起了眼睛，又端详了一会儿，突然发出“咦”的惊呼：

“像……蛇？”

“此云如一字长蛇，自生门入，经伤门与杜门，再从死门出——”

吴厘获悉提示，才发现夜色下的云彩的确非同寻常，条状黑云横跨天际，蛇形正变得愈发清晰，又过须臾，连蛇信都清晰可见。“楼顶上埋伏的，是地质系的李俊义，乃本校无人出其右的暗器高手。此人能究天人之力，而以杀气淬毒，此刻‘云蛇’的走势，生入死出，是大凶之兆……”

吴厘嘴巴张大，足以塞进两三个拳头：“这个学校像你们这样的人，有多少……”

“地理系300多号人，包括我在内，7名高手已经全部到齐。”

“7名？你，卫地成，谈离山……总共6个，还有一个是谁？”

王若需遥遥一指，食指正对“浪浪”旅馆三楼：

“东方小马。”

东方小马进门，却并未急着插上房卡供电。

在一片漆黑之中，东方小马跨出7步，依次踩准乾、坤、比、泰、谦、蛊、观7卦，随即右手扬起，掌中房卡飞出，在房卡划出抛物线的同时，东方小马连打3枚响指，耳畔随即传来开关闭合的声响。少顷，室内灯光大炽，而东方小马脚下，不知何时躺着一沓装订整齐的簿册，纸页褶皱泛黄，封面上是钢笔写就的工整楷书：

气象学复习纲要

这便是东方小马频繁往返于“浪浪”的秘密。

2012年终，正逢末日传说甚嚣尘上，虽然，末日之说纯属无稽之谈，但当年年底却几乎成为地理系全体大二以及部分大三、大四学生的末日。2009年教气象学的老师从一年轻后生换成一乖张老者，而此老者出题之难，在过去的一个世纪，曾令无数E大地理系的学生为之夜以继日，却仍旧摧眉折腰。

老者姓李，职称至教授，李教授已年近古稀，本应在家颐养天年，却仍怀满腔教书育人的情怀，退休十载，心心念念的，总是年轻时候立于三尺讲台挥斥方遒的飒爽英姿。当李教授到了退休的第十个年头，实是忍耐不住内心澎湃与寂寞书阁间的悬殊反差，于是在2009年，李教授回到E大地理系，只为重温往昔的峥嵘岁月，而这一去，差点要了李教授的性命，也为21世纪的地理系学子带来了无穷无尽之灾难。

李教授回归E大，本想看到的是一片学生乐于求学、教师精于学术的图景，却不料触目所见，皆是课堂上学生呼呼大睡而教师全然不闻不问的景况。李教授当场气得手足乱颤、气血翻涌，一根根白发如剑戟般冲天向上，也就在救护车呼啸而来的时刻，仍自抽搐不已的李教授下定决心：自己要重返E大三尺讲台，自本学科气象学入手，一整学风，重振院系雄风。

李教授病愈后即提出退休返聘之申请，随附申请书的是一纸控诉院系疲敝现状的书柬。院方本不愿折腾，回书一封，写了些欲振奋E大地学精神的场面话，却不料李老先生执着，居然倾其人脉，向校方频频弹劾院系领导之不作为，终于，院系迫于压力，于2009学年度第二学期辞退原先教授气象学的赵讲师，而时隔10载，李教授终于再出江湖。

原先的赵讲师年方三十，慈眉善目，为人随和。不点名，不挂科，期末必画重点，所画之处，即是答案，因此深得E大学子欢心。但李教授最看不惯的，就是这等纵容学生、敷衍课堂之举。2009年9月开学，地理系大二学子不见了熟识的赵讲师，却见讲台上赫然立着一身高不足六尺的老头，骨瘦嶙峋，却自有矍铄精神：

“点名！”

当日，半数学生未到，李教授伸出鸡爪似的一只手，在空中虚虚一握：

“没到的，这学期考试就不用来了！”

“为什么……”台下有学生嗫嚅着问。

“一次不到，即以不及格论处！”李教授一头白发在穿堂风的吹拂下轻舞飞扬，

“课上睡觉的，发现一次，不及格！”

“课上交头接耳的，发现一次，不及格！”

“课上露出不明笑容的，发现一次，不及格……”

一座学生，尽皆面如土色。

但这些课堂律令不过九牛之一毛。2009年至2011年3个学年，气象学的考试挂科率高达45%，雄冠各科之首，加上因违反章程而挂科者，及格者不及半数，而这及格之辈，也莫不学得悬梁刺股、呕心沥血，才堪堪拿到60分。本来，院方对挂科率是有严格控制的，一旦过线，就会遭到院方的调查或批评，但李教

授身为地理系元老，对这些章程浑然不怕，而院方本就是为了息事宁人所以返聘李教授，就更不会因为挂科这等不足挂齿的事儿与李教授较劲，反倒频频赞他是精于学术、为人师表的表率。

时值末日那年，大二本应修习气象学的学生，与大三、大四乃至于因气象学始终未能合格导致迁延不能毕业的“大五”学生一道踏入这唤之曰气象学的修罗地狱，临近期末，地理系学子一个个累累如丧家之犬，却也就是在这人心惶惶之际，坊间忽而盛行一传闻，说在那某一隐秘之所在，藏有气象学复习的独门秘籍。此秘籍乃李教授40年教学之大成，所有考题，莫不出于此，而其编撰者，却非李教授。

20世纪90年代，有一孙姓的研二学生，任李教授气象学的助教，当时他单恋本系一大二学妹，而那学妹正为这气象学考试而焦头烂额。研二学长发现了一个献殷勤的大好机会，他仔细揣摩李教授教学生涯中那浩如烟海的考题，抽丝剥茧、条分缕析，将试题与试题，或是试题与教材详加比对，历时两个月，修成一册《气象学复习纲要》。此《纲要》覆盖李教授几十年的教学内容，翔实又不乏精简，将之背出，即不畏惧李教授所出的任何考题，于是学生便可自那汗牛充栋的复习资料中脱身而出，或言之，原先要过目乃至记诵的几百页书册皆可弃置，而只需背熟这薄薄一册《纲要》而已。

在一个明月皎洁的夜晚，研二学长约学妹见面，说要将那册可抵得上成千上万页复习资料的《纲要》赠予学妹。学妹半信半疑，终究还是去了，而就在那学妹犹豫着接过《纲要》之际，学长羞怯地说了一声："我喜欢你。"

之后场面颇喜闻乐见，却又令人难免唏嘘。学妹怎料会有此一出，大骇之下，只是重复说"你是个好人"，而后一句"我们还是做朋友吧"却因惊骇之下迟迟没说出口，学长会错意，以为表白得逞，忙不迭去搂学妹的腰，学妹发出一声惊恐万状的尖叫，转身逃窜而去，而手里仍牢牢地攥着《纲要》。

学长追求未遂，却给当时的本科生带来了极大便利，《纲要》流传开来，当年气象学挂科率直线下降，而学生的实际负担也大为减轻。李教授以为是学生舞弊，及至次年，考场监考者自三人升至六人，而成绩仍旧大好如初，而李教授终于相信，自己数十年的教学终成善果。

李教授于20世纪末退休，而《纲要》盛行两年，也随着李教授的卸任而淡出江湖。10年光阴倏忽而逝，及至李教授再度登上讲台，《纲要》却遗失在漫长的光阴之中，唯有传说不朽，于历史之深处闪烁光芒——

据说在“浪浪”宾馆的总统套房，藏有当年那册《纲要》的真迹。

也是在2012年末，此说传得沸沸扬扬，多少学子一掷百金，踏遍总统套房的每一寸土地，可是哪里找得到《纲要》影踪？久而久之，传说逐渐被视作谣言，有人推测这是“浪浪”老板娘的敛财之道，此论既出，曾经掀起轩然大波的传说不久就被引为笑谈。

东方小马身为学渣，自然熟稔此传说，而一度他也仅仅将之视作虚无缥缈的流言。也就在传说沦为笑话、总统套房重归无人问津的境地以后，东方小马与女友例行于周末开房，女友忽而心血来潮，执意要睡总统套房，东方小马拗不过女友撒娇，就多花两百大洋去瞻仰那只人造革的沙发，却不料就于当夜窥破“浪浪”宾馆的秘密：

《纲要》确实在那总统套房之中。

当时，小马睡至半夜，被尿意憋醒，蒙眬间睁眼，在那眼皮半开半阖之际，忽而在榻前三尺、月影稀疏之地，蓦地闪现出一沓簿册，上书一行工整楷书，待小马翻身而起，凝神细看，那书册却不见了，而仓促之间，小马只见得“纲要”二字。

此乃奇门遁甲的隐遁之道，而小马也有所涉猎。他披衣而起，以《纲要》显现之地为基准，分别踩了乾、坤、比、泰、谦、蛊、观7个卦位，但除了小马的脚步在午夜砰然作响，却无一事发生。小马一连踩了六十四卦，直折腾得大汗淋漓，却一无所获，再看地上，那皎洁之月投下的稀薄月影，却是悄然消失了。

当小马将这月光与隐遁之道相互关联，心下才有如明镜般澄澈：此乃人遁阵，于午夜布成，逢太阴并合卦数才显其行迹，易言之，即要在晚上特定之时辰、踩准相应之卦位，所隐藏的物体才会现形，而当时，小马所卧之处，正覆盖了“坤”位。

而即便是逢太阴并且合卦数，所藏之物，即《纲要》，也仅仅是现身于一瞬间而已，若要能够取得，则要以月相为数，使其连续现身7次，并且始终是同一人所为，最终在新月之夜，也即第八夜——一个无月的夜晚，连续踩准乾、坤、比、泰、谦、蛊、观7卦，《纲要》将出现，这是真正意义上的出现，出现的《纲要》可以唾手而得。

而今夜，便是这无月之夜。

彼时六大高手与东方小马尚未决裂，六人加上东方小马，并称地学七侠。东方小马于无意间获悉“总统套房”的秘密，却并未告知六侠，他总是在夜晚单独行动，遂引起六侠警惕，六侠尾随跟踪，得见小马在房内循着方位踩动步伐等举止，而皆通奇门之道的六侠都看得出，今夜，便是《纲要》现身的时刻了。

只是六侠没想到的是，在这虎踞龙盘之地，居然有风纪部部长要来搅扰局面——

吴厘当然也知晓传说，他根据风纪部线报得知东方小马频繁出入“浪浪”宾馆的异常行动，知道其中必然事关《纲要》的秘密，于是只身前往，打算凭借一身强健的筋骨，将《纲要》据为己有——

只是颇讽刺的是，于在场者中，他却是毫无功夫的纯正白板。

最先行动的，是潜伏在墙角处的丁二三。

丁二三的身材并不魁梧，甚至有一些驼背，他的脚步与常人无异，甚至比普通人还要慢上半拍，只踏出三步，周身白气弥漫，且每前行一步，白气即增厚一分，至“浪浪”侧门，浑身上下已如同裹了一层蚕茧。丁二三向地上击出一掌，整栋建筑都随之一晃，而如一只巨大蚕蛹的丁二三就此腾升而起，向着306火速逼近。

丁二三踏出三步后，谈离山纵身而起，谈离山两条腿各长一米，而上身却十分窄短，因而他并无长腿欧巴的神韵，倒是显得十分古怪。他收腹拧腰，发足前行，每踏一步，身子即拔高三尺，如同踩着一隐形楼梯般层层飞升，而与此同时，他的双腿越来越细，自胯部以下，只剩下几条银亮的光束——

那是谈离山聚气时的形态：匿了肌肉、骨骼，只露出下肢经脉，气息凝聚于这阡陌纵横的经络当中，其实便是有成百上千公斤的气力蕴藉其中。

而当丁二三和谈离山先后迫近三楼之前，李俊义已经出手。

蛇状黑云分崩离析，继而散射出无数黑芒，它们在空中划出反重力的弧线，齐齐射入306的窗户。

这万点黑芒，其原身无非楼顶的残砖碎瓦而已。李俊义振臂出手，砖石刺破苍穹，击碎蛇云的同时自行裂解，继而被淬上须臾之内取人性命的蛇毒。

李俊义一动，王若需即飞身而起，这一回，不见雾气腾腾，只见银光如电，肉眼之下的视觉暂留，使吴厘眼前出现了一幕奇诡莫测的景象：翻飞的光电弥漫成一片高三丈许的圆筒，将“浪浪”旅馆团团围在垓心！

而娇小的孟离则比王若需更快。她娇弱的身形忽而缩成一枚光点，而在王若需的光墙之中则赫然出现了道道蓝线。蓝线或是凌乱相交，又或是首尾相衔，在光墙间辗转相错，不时又凝聚为一点——

彼时，卫地成向半空击出一拳，而喉间则发出一声长啸。

此拳乃形意拳中的炮拳，炮拳属火，其势最烈，一拳击出，势若奔马惊雷。卫地成隔空出拳，又以长啸之声震颤空气，从而改变气流轨迹，将那万钧之力悉数引入306中，而拳力则未减分毫。

东方小马正在宾馆里烧热水。当这一切发生的时候，他只是略一欠身，然后向窗外吐了一口唾沫。

白光骤熄，王若需砰然落地，脸面朝下，落地时掀起一片浮尘；孟离的外套千疮百孔，只剩内衣遮体；丁二三剧烈咳嗽，少顷，吐出一口黑红色的血；谈离山赤足跪坐于地，脚上的球鞋不翼而飞；身处楼顶的李俊义突然被一飞来之物砸中，双目立时翻白，而鼻尖所荡漾的，尽是馥郁的脚气；至于远在天边的卫地成，则落得了一个最为悲惨的下场：他的一对脚踝被一副鞋带所缠，鞋带绑在东南面一株梧桐的枝干上，遂倒挂于东南枝。

这一切都来自于东方小马的一口唾沫。

唾沫一离开小马唇角就立时分裂，一分为二，二分为四，四分为八，以指数形式子母相生，转瞬间已分裂成千千万万颗液滴。液滴势若箭矢，以极高速向窗外激射而出，刹那间将李俊义的暗器打飞，而其余液滴，则以亡命之姿向六侠扑面而来。

饶是王若需迅捷无论，依旧有两颗液珠正中其伏兔和血海两处大穴，倘若击中人中或者太阳等任一死穴，王若需命则休矣；孟离在一秒钟内变幻了七七四十九次方位，每次移形换位，却总是身处枪林弹雨，液滴在她的衣服上打出数百孔洞，但未伤及她一根毫毛；至于丁二三，倘若那枚液珠往左挪移1厘米则命中气海穴，届时血气逆行，周身气场全部反噬到自己身上，非死即残；谈离山身子未及窗棂，脚踝忽而一凉，而后球鞋不翼而飞；李俊义被一枚臭鞋命中，乃是222颗液珠因势利导，使谈离山的臭鞋沿一固定轨道击向李俊义的头颅；卫地成的遭遇则是雷同的方式，只是技法更加奇巧，而鞋带自然来自于谈离山的鞋。

总而言之，东方小马仅仅点到为止。

人仰马翻的六侠，一个个愁云惨雾。

王若需抹了嘴角血迹，神色颇张皇："这一年多来，我自恃功夫精进不少，以为可以一战，却不料这番……"

丁二三咳了一阵，忽而发出几声怪笑："东方小马武功出神入化，何须赘言。只是我有一问不解：我出手的时候，总有一股无形气浪如影相随，与东方小马那些个星星点点一道向我催逼而来，最终破了我这身铁布衫——卫地成，我说的可是实话？”

“这么说来的话——”卫地成揉了揉被鞋带缠缚而勒出红印的脚踝，“谈兄行进之际，脚掌内劲曲折迂回，将那雄浑内力输送到我四周方圆一尺的地下；直至我沉气蹲身，拧身出拳，地面所蕴藉的内力一遭我拳力催逼即喷薄而出——嘿嘿，谈兄做事，雁过无痕，又能一石二鸟，一箭双雕，我等佩服，佩服啊！”

“既然诸公把话说开，我也来扯两句闲话，”谈离山赤脚穿上球鞋，“我们这里有一位暗器名家，偏偏等我欺身窗前才猝然动手，直射得天女散花，漫天狼藉——这身功夫，真是有情有‘义’，‘俊’俏得很哪！”

李俊义双眉一挑：“也好，既然诸位这般开诚布公，那也恕我口无遮拦：孟小姐，你可当真巾帼不让须眉——”

孟离眯起双眼：“过奖！”

“你的移形换位之法，阁下诚然佩服，只是我有一事不解，还望释疑——”

“且说。”

“于我催发暗器之际，你何故频频在我面前飘忽来去？鄙人自信手上功夫对付一只臭鞋绰绰有余，但若非你以凌厉的身法所阻——”

“李兄言下之意，我也晓得，只是本姑娘觉得好生冤枉。”孟离打断李俊义，秀眉微蹙，脸上渐有愠怒之色，“倘若不是王兄总爱与我两相照面，我又怎会和李兄浊酒相逢，甚至躲不过东方小马的两颗飞沫呢？”

王若需全身肥肉一颤，肉褶晃动，传来一阵噼啪之声：“这可要问丁兄了——”

丁二三凝视正前方一丛灌木，目不斜视。王若需瞥了一眼丁二三，继续道：“值我身法变换之际，丁兄一番云手舞得密不透风，太极掌风把我这副300多斤的身子吹得飘摇，端的是淋漓之至、力大如牛啊！”

“王兄，还有诸位，”丁二三抱拳，沉声言，“之前一役，种种变故，以我之见，本不必介怀。我们各自为战，动手之时，难免会有摩擦与误会；东方小马，深不可测，若非众志成城，我们被各个击破，也是势所必然了。”

谈离山眯起双眸，眼睁一线：“丁兄的意思是，倘若我六人同气连枝，事先部署，届时四面联动、八方出击，或许还有取胜的机会？”

丁二三微微颔首：“丁某正是此意，却不知诸位意下何如？”

东方小马呼出一口长气，他要启动学霸模式了。

异能者所谓的学霸模式，与常人是有所不同的：盖异能者可调度周身气血之运行，逢须死记硬背的时候，便可将平生修为汇聚于颅脑，如此可以一目十行，且过目不忘；但世间事俱有成损：陷于学霸模式中的异能者，由于大部分气血汇聚于脑，筋骨皮则气血亏空，身体质素，俱不如模式开启之前，而要将气血自脑袋周转至筋骨内也要花费时间，若身逢险境，则是大大的不妙了。

东方小马的打算是当场记诵，而后将之焚毁，以后便能奇货可居——世间唯一一本《纲要》，只存储于小马脑海。现在，六侠溃退，小马无后顾之忧，他舒服地躺在床上，书本摊开，学霸模式启动，氤氲之气凝聚头顶，结出一道金灿灿的环；此道金环光照四方，在对面的民居上现其投影，一堵灰墙上显出一圈环状光晕，金光灿灿，覆盖两层楼之高。

六侠等的就是这道环。

丁二三和谈离山潜伏在三楼转角，与306仅距咫尺之遥；李俊义依旧置身三楼屋顶，这一回暗器将从天花板的缝隙倾泻而入，而不至于误伤己方；王若需和孟离潜伏于“浪浪”后窗，届时可于瞬间破窗而入；至于卫地成，他仍选择远程发炮，他以气导力的击打效果，在300米的尺度内可以无视距离。

光环一经出现，六侠立时出手，而这一遭的凶险程度，可谓数倍于前——

如是者第二次，东方小马绝不会再度忍让。而一旦小马全力以赴，其势必然图穷匕见，绝非之前点到为止便即止戈。

但无论如何，六侠毕竟遵从了打架要诀——人多，先手；因此当他们出手的时候，他们还是很有自信的。

率先出手的是李俊义。

李俊义双手一错，88枚梅花瓣旋转飞出，房间里一时落英缤纷，但却并非落向东方小马——

88枚花瓣，全都射向了东方小马身前的《纲要》。

东方小马正复习得酣畅淋漓，临此突变，应对神速，他一把抽出身下床单，向空中信手一掷，那满天花雨在床单上打出几十个花形孔洞，速度慢了一拍，却不变轨迹，仍旧射向《纲要》。东方小马虎眼一瞪，隔空虚劈一掌，《纲要》向前方推进三尺坠于地面，却不料那花瓣仿佛长了眼睛，在空中忽而偏转方向，依旧冲《纲要》奔袭而去。

“不好！”

小马一吐长气，身形闪动，整个人覆盖于《纲要》之上，以血肉之躯，硬生生接下了李俊义的88枚暗器！

而与此同时，306的门突然洞开。

一整块门板，以雷霆万钧之势撞向东方小马！

东方小马探手如电，抓起自己丢在地上的T恤，抬手就冲着门口扔了出去。

门板疾行三尺，戛然而止，正中被砸出一道尺许长宽的豁口，而自那豁口背后，忽地冒出一双脚掌，而在那脚掌之下，又滚出一个浑圆雪球。

那是谈离山和丁二三。

噼啪数声脆响，仿佛爆竹炸裂，东方小马的身体猛地一颤，背上汗毛一一折断，如箭矢般向两人激射而去。却也在同时，有一白一蓝两道光影破窗而入，分袭东方小马的左右两肋——

东方小马一个鹞子翻身，双臂展开，十股纯阳内劲自左右手十指指肚激飞而出，将那蓝白光影击得溃散，而身体猛可拔高一尺，身下《纲要》亦腾身而起。就在他升至最高点而亟待落下之际，床板忽而分裂为二，而自床板裂口涌出的炮拳拳风，就结结实实地打在了东方小马的背脊上。

东方小马的灾难是连锁性的。

当小马的汗毛逼近谈、丁二人的时候，丁二三蜷缩的身体忽而舒展，四肢展开，凛然写就一个人肉“大”字，接下了东方小马整整72根汗毛。

而谈离山的双腿已然驾到，十二路谭腿招招命中小马腹心！

而对王若需和孟离而言，东方小马的攻击几无威胁。小马拨指发力，势大力沉，可就在这一刹那，王若需和孟离已在房间里游走了足足两圈。彼时，卫地成偷袭得手，继而谈离山一击得中，再过片刻，王若需和孟离一先一后两度点中了东方小马的鸠尾穴。

东方小马背心之毒其实本能自愈，但片刻后背心即遭重拳，暗器之毒立时爆发，他忙运气调息，气流经手三阳经，却突遭谈离山对手三阳经中节的重击，于是气流阻滞不前，而后逆流回溯，分流走岔，在经脉间胡乱奔走，眼看就要断血逆经，乃至走火入魔。东方小马急中生智，依次自闭穴位，每闭穴一处，即开先前已闭之穴道，以控制气息走势，如此因势利导，将全身游走的气息重新导入丹田，就当膻中穴闭穴未已，而期门穴尚未开时，半开百阖的鸠尾穴突然被冲开——

那便是王若需和孟离的手笔。

东方小马不再动弹，但一切尚未结束。

两道弧光交错缠叠，两秒钟内，王若需已与孟离拆了数千余招；谈离山的两条腿仍作两条细线，向周身“白茧”的丁二三踢出23脚，无一失手，而丁二三浑然无事，反倒还了一式“如封似闭”，将那谈离山推出一丈来远；卫地成此刻莅临屋顶，一套形意拳打将下来，连绵不绝的拳风笼向李俊义，直似那天罗地网一般；而李俊义振臂出手，将那脚下尘土撒了个天女散花，两人攻势进退之际，还向屋内施射冷箭，把那战局搅扰得愈加混乱不堪——

而居于那战局当央的，是一本用再生纸装订而成的簿册——

还有那仍旧清醒着的东方小马。

东方小马吐了吐舌头。

他并没有故伎重演吐了4096次舌头，那不过是他当时用舌尖之力逼走王若需所采用的华而不实的技巧；这一次，他吐舌的动作本身平淡无奇，但舌苔在舌头伸缩之际却成了透明的白色。

那是东方小马置之死地而后生的绝招。

东方小马开闭穴位，打通了手太阴肺经和手少阳三焦经的感应，继而带动奇经八脉之一的冲脉——冲脉含蓄经络脏腑内多余的气血，为总领诸经气血的要冲，此刻东方小马身体亏空，于是冲脉自行循环，将所蓄气血作为储蓄之源，对亏空之处予以灌溉补充，因而此时激越鼓荡得最是活跃。

而冲脉起于胞中，而其终点则环绕口唇，东方小马吐舌之际，却是将冲脉内本用来滋养自身的气血化作绵绵内力！

这股雄浑的内力一经释放，只见得小马整个人都被点亮了。在那一瞬间，小马整个躯壳都变成了一个剪影，而其冲脉三线，即起于胞中，下出会阴，再分为三支的冲脉循行线路，忽然释放出白炽的光芒，光芒完全盖过房间里昏黄的灯光，宛若一个小小的太阳。也就在这一瞬间，王若需和孟离定格不动，丁二三身上蚕茧消失，谈离山的双腿重现筋骨皮肉，而卫地成和李俊义的身体不由自主侧飞而出，穿过窗格，愣生生坠入306室！

冲脉气息弥漫空间，仿佛阳光般照耀、覆盖乃至于碾压，不但使得六侠悉数止戈，还将六侠身上蕴藉的气力倒逼出三四分。六人吐纳间喷薄出的气息氤氲弥散，与小马散射出的力量水乳交融，如同在七人身上装了七枚超级磁石，将七人相吸相连、相缠相接，而当这件事发生的时候，他们都不约而同伸出了手指——

七人的手指本无内劲，但在那空气中的内力催动之下，普通的手指全都有了点穴手的功夫：东方小马点中了丁二三的关元穴，丁二三扣住了谈离山的巨阙穴，谈离山拿捏住了王若需的气海穴，王若需命中李俊义的神阙穴，李俊义锁住了卫地成的曲骨穴，卫地成击中了孟离的劳宫穴，孟离又拿住了东方小马的水分穴……于是环环相扣，宛若铁索连环，七人命脉皆被锁死，完全不能动弹。

要穴被擒，兼受到弥漫于空气中的内力催逼，不出一个时辰，七人将先后暴毙。他们欲发声求救，可是要穴被拿，竟是连一丝一毫的声音也发不出来。

而此时此刻，吴厘竟然闯了进来。

吴厘身为风纪部干事，毕竟是个胆大之人。

环绕方圆百米的罡气已经退散，他可以选择逃跑，但仍旧心有不甘；三楼骚动似已平息良久，但却无人下楼，吴厘不免生出这样的困惑：

这几个家伙……是不是打死在上面了？

一来出于好奇，二来出于或许可以坐收渔利的期许。吴厘狠了狠心，第二次冲向“浪浪”三楼，而触目竟是如此奇景：

七个人围成一圈，相互对戳，像是在演绎某种妖冶的行为艺术。

而这七个人一见到吴厘，眼中俱释放出奕奕神采，此时此刻，这个平凡无奇、不着半点功夫、被称之为白板的男人，竟成了他们此际唯一的救星——

要终结这一死循环，关键在于涌泉穴，肾出涌泉，人之气血自此溢出体表，只消用重手法点七人中任意一人的涌泉穴，即可引导肾经冲破此处阻滞的气流，而后一通百通，气息如决堤之水，依次疏通七人受制处的积瘀阻塞，此累卵之势，即告解除。

只是吴厘是个白板，根本不会点穴的功夫，会的只有瞎戳，所幸七人之中，谈离山腿法卓绝，气血集中下肢，因而涌泉穴更为敏感，轻触之下，就能起到作用；涌泉穴在人足底的中间区域，因而吴厘只要用手指挠一挠谈离山的脚底板，就可解七人之围。

但是此时此刻，七人连一句话都说不出口，更糟糕的是，并非声带无法发声，而是舌头无法蜷伸、唇齿不能运动，如此一来，连对口型都是奢望。吴厘不明就里，站在门口和七个人大眼瞪小眼，而六侠与东方小马，似乎也就只有坐以待毙的份了。

也就在这危急存亡的关头，王若需朝吴厘眨了眨眼睛。

王若需连续眨了至少有100次眼睛，直眨得眼皮抽搐，狂跳不止，这才吸引了吴厘的注意力。他时而眨左眼，时而眨右眼，一左一右节奏鲜明，但从未同时开闭双眼。

这着实令人费解，吴厘观察许久，始终不得要领。直到王若需眨了总计有2000次眼睛，直眨得眼皮肿胀，眼角泛红，吴厘才对这一暗号有了朦胧的理解：

左，右？

远，近？

高，低？

是，否？

……

当王若需眨了将近5000次眼，两行热泪止不住地滑落，吴厘才终于恍然大悟——

王若需想表达的，并非是两组对立的反义，而是为了传达某一具体的信息；而若是以左右眼的开闭作为信息传播的媒介，那王若需所欲传达的，就是计算机的二进制语言！眨左眼代表0，眨右眼代表1，抑或是左1右0，再通过对0、1代码的解译，来传达或许只需要几个汉字就能表述的信息！

而吴厘和王若需都是E大翘楚的计算机天才，至于两人何故进入地理系，其原因却殊途同归。吴厘高考发挥失常，分数刚好压着E大最低录取分数线而惨遭调剂，就这样莫名其妙进了地理系，大一末参与转系选拔，竟未通过，后从计算机系的学长那里得知，原因是系主任嫌弃吴厘长相凶恶；至于王若需进地理系的原因则更为戏剧化，他高考前自知水平不济，考入E大根本是痴心妄想，于是在零志愿的空格上乱填一气，随便填了个E大的地理专业，结果高考发挥超常，居然命中了零志愿，于是就这么稀里糊涂进了地理系——

但当时的他们绝不会想到，正是这一份无关学业、事业，乃至未来生计的技能，竟会在不久的将来，拯救包括王若需自己在内的七条性命。

“我懂你的意思！现在我要明确一点：在你表述代码的时候，到底是眨左眼代表0，还是眨右眼代表0？如果是左眼，你就眨左眼示意……”

王若需频眨右眼。

“右眼是0，左眼是1？确认请眨左眼……”

王若需频眨左眼。

“那你开始吧。”

王若需半秒钟眨一次眼，而吴厘解码的速度与编码的速度齐头并进。这成千上万个0和1，其实表达的是一个十分简单的句子：

挠谈脚底，救我性命。

吴厘点了点头，趋前接近谈离山，甫一下蹲，便觉腥风扑面——

“这么臭！？”

吴厘是在蹲下的时候看到地上的《纲要》的，而他的眼睛忽而就泛起明暗不定的光芒。他将《纲要》揣入怀中，站起身，挺直腰杆，鼓起胸肌：“这沓东西，就当作是我救你们的酬劳吧。”

沉默。

“不同意？”

还是沉默。

“忘记你们是哑巴了……这样，眨眼表示同意，君子一眨，驷马难追……”

七人均忙不迭地眨眼。

“一言既出，驷马难追！”

七人再度眨眼。

吴厘左手死死地捏住鼻子，开始了救人之路，饶是如此，当他一脱掉谈离山的鞋，吴厘几乎就要被熏得昏厥过去。怀着某种复仇的心态，吴厘掰过谈离山的脚丫，用尽平生力气，对那只老茧丛生的脚施以沉重的一抓——

而濒死的六侠与东方小马则就此复活。

对于吴厘而言，一切已经接近尾声。他觑着房间里虚弱的七个人，攥着《纲要》，一步一回头倒退着步出房门。甫一出门，立马发足狂奔，穿过重重回廊，下楼直奔那辆小电瓶车而去。

七人运气调息，过了一炷香的功夫，终于可以活动筋骨。王若需双眉交锁，满面都是愁绪："诸位为这一册《纲要》，赴险绝之地，临濒死之劫，一个个落得遍体鳞伤，真的就甘心让那吴厘坐收渔利，拿去我们以命相搏的东西？"

"诚然——"

谈离山虚汗淋漓，一颗油腻的汗滴自额头淌下，悬于下巴尖，恁是不落：

“打杀区区一个吴厘，又有何难？”

“打杀吴厘，难过登天！”孟离盘坐于地，轻叩脚下地板，“只怕我们同气连枝、精诚所至，最后反就擒于这白板之手！”

“一言既出，怎可出尔反尔？”李俊义苍白着一张脸，“君不闻大丈夫一言九鼎？”

“好一个大丈夫！”丁二三拊掌击节，双目精光暴射，“但汝可知，就是大丈夫，挂了气象，也就成小媳妇了？”

“小媳妇”一出口，众人便笑得前仰后合，倒是卫地成只是抿嘴微笑，用那不无尖利的嗓音说：“我们以侠自居，自然应该一诺千金，李兄的意思，我们懂得；可是累于侠名，甚至因此疲于奔命，是不是也有所不智？”

“放屁！”

六侠闻声，齐望向东方小马，但见他双目紧闭，五官拧作一团，仍显得十分痛苦，但嘴唇却开合，发出朗朗之声：“是时我们性命堪忧，若非吴厘及时赶到，我们七人都将暴毙于此。但汝等食言而肥、恩将仇报，如此居心，豺狼亦不能及！”

六侠面面相觑，一时无话可说，少顷，王若需抢身而出，一只尺许长的脚踏在东方小马的心口上：“小马兄真君子！那我不妨也做个真小人——不如在此地废了你的功夫，以免日后节外生枝？”

只听得一声长啸刺破苍穹，如平地起惊雷，一道墨黑的光弧破窗而出，房间里已经不见了东方小马的身影。王若需只觉足下一空，而孟离当先跃出窗外——

可是天地间，又哪里找得到东方小马的影子？

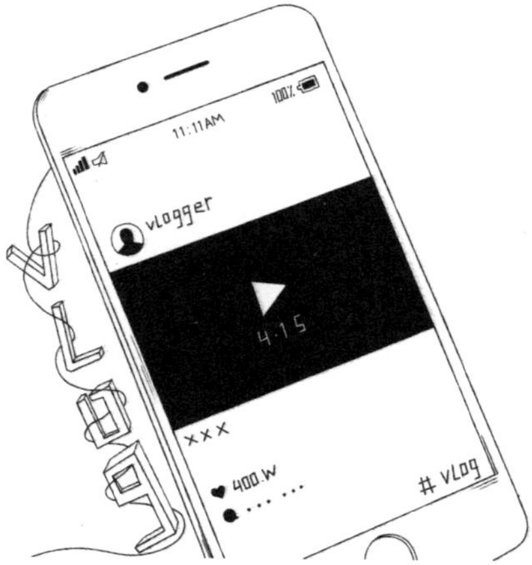

世风日下，人心不古，vlog 不死，我意难平。

“这是我的第5221支vlog。”我姐举起手机，冲着我家的橘猫比出剪刀手。

“这是我的第6521支vlog。”我妈举起手机，对准桌上的三明治和蛋饼。

“这是我的第12632支vlog。”我爸举起手机，另一只手用筷子夹起了一块三明治，“长辈先动筷，规矩不能乱。”

我走到餐桌旁，默默地拿起一张蛋饼，还没塞进嘴里，我姐就把手机的摄像头对准了我：“这是我弟，一个毫无吃相可言的沙雕。”我姐话音未落，我妈的手机就凑到了我的脸颊：“亲们，我儿子脸上又爆了三颗痘，下回我得给他做点清热去火的菜给他败败火。”我点了点头，惊魂未定之际，我爸拍了拍我的肩膀，一脸慈祥地说：“儿子，吃慢点。”接着，他对着前置摄像头一本正经地说道："你们看，什么叫作父爱如山？这就叫父爱如山。"

"你们拍够了没？"我怒喝道。话音未落，我姐冲着镜头发出了一声阴阳怪气地轻笑："呵呵，沙雕居然生气了？"我妈一脸焦虑地把手机摄像头对准了我："哎呀，你看，果然是上火了，身体上火，脾气也上火了呀！"就在我妈长吁短叹之时，我爸突然给了我一个爆栗，动作迅猛，猝不及防："养不教，父之过，一点儿规矩都没有了？"接着，他转向了前置摄像头，"唉，教育之法，为父之道，难啊！"

"行，你们拍，我告辞。"我抓起一块三明治，拎起背包，摔门而出。

这是短视频的时代，这是vlog的时代。

对于绝大多数人来说，这是最好的时代，但是对我来说，这是最坏的时代。

不知从什么时候开始，人人都在拍vlog，所谓vlog，英文全称叫作video blog，翻译成中文就叫作"视频博客"，而拍摄vlog的人就叫作vlogger。如果博客是用文字记录日常生活，那么视频博客，顾名思义，就是用视频记录日常生活；2012年，世界上出现了第一条vlog，而当时拍摄这条vlog的人不会知道，从那天开始，vlog将主宰人们的生活。

最开始的时候，vlog吸引的是一批追求时尚和新潮的年轻人，当时的vlogger们为了能拍出高质量的vlog，拍前要仔细构思，拍后要精心剪辑，一条vlog背后动辄是几个小时乃至十几个小时的制作时间。然而真正的变革发生在2022年，那一年，5G手机开始普及，手机上网的速度变得前所未有的快，vlog从此开始真正走进千家万户，在各个阶层和各个年龄段流行开来，而粗制滥造的vlog也就越来越多：从农村到城镇，从幼儿到老人，人人都在见缝插针地拍摄vlog，一年级小学生用vlog记录他们打游戏坑队友的瞬间，60岁大妈则用vlog见证自己广场舞的舞姿。每一个人都试图用vlog证明自己的生活与众不同并且不同凡响，而每一个给他们的vlog的点赞都让他们欣喜陶醉。在人人vlog的时代里，一批又一批的vlog网红应运而生，他们坐拥百万计甚至千万计的粉丝，所拍摄的每一则vlog都会收获10万+的播放量。于是各大厂商闻风而动，委托vlog网红们在他们的vlog中植入广告，一则广告的费用至少五位数起步，而对有些大号来说，广告费用甚至会达到数十万之巨。

当大家都在拍vlog的时候，我选择拒绝vlog，倒不是我刻意要过特立独行的生活，而是我认为相对于烂大街的vlog，生活中有更有趣的事情可以做。我拒绝了vlog，于是我身边的人也就拒绝了我，不看也不拍vlog的我，和身边的人几乎找不到任何共同语言。然而即便如此，我仍旧感到vlog极大地干扰了我的生活，就比如家里人在拍摄vlog的时候总是不时地把我当成他们拍摄的素材，这往往使我感到愤怒，但是却又无可奈何。

现在，我走在熙熙攘攘的街头，和我擦肩而过的，除了一具又一具的身体，还有一部又一部被架在脑袋前方的手机或者各种规格的摄像设备。“大家好，这里是子田街，人真的好多啊。”一位扎着马尾的姑娘走过我身旁，对着手机镜头露出妩媚的笑容。话音未落，打南面走来一名打耳洞扎脏辫的少年，对着手机镜头比了个“六”的手势：“大家好，这里是子田街，人真的好多啊。”嘻哈男孩渐行渐远，迎面走来一名文着大花臂的光头男士，朝着镜头比了个心：“大家好，这是子田街，人真的好多啊。”放眼四周，路人们不是在拍vlog，就是在拍vlog的路上，只有我正在走向一个几乎不存在vlog的地方——一家叫作“一亩”的书店。一亩书店是我这几年经常光顾的书店，店面不大，装潢简单，但胜在选书优雅小众，最关键的是，这家书店顾客不多，鲜有vlogger出没，对于抗拒vlog的我来说简直是一方净土。

直行，再右拐，一亩书店近在眼前，然而令我诧异的是，一贯冷清的书店门口居然挤满了人，他们手中的镜头或是对准自己，或是对准他人，或是对准一亩书店的招牌。“大家好，这是我的第6235支vlog，”一名中年妇女尖着嗓子对着手机夸夸其谈，“在我面前的这家书店，是我们这座城市最火的网红书店，在店门口，我们就能感受到这家书店爆棚的人气……”在她身边，一名身着唐装的中年人手持自拍杆，神情肃穆：“大家好，我是绝色大叔，这是我的第12374支vlog。我现在站在一亩书店门口，还没进去，就能闻到一股书香，如果你来到这家书店，一定要站在门口用力嗅一嗅，整个人就沐浴在书的气息里，真香！”而在那名自称“绝色大叔”的中年人旁边，一名扛着摄像机的男人将镜头对准一名穿着碎花长裙的文艺女青年，文艺女青年面对着书店的店面，轻启朱唇，幽幽说道："大家好，我是纳兰小A，像这样的小众书店，一直让我非常'吃景'，我'吃景'它的小众，'吃景'它的优雅，'吃景'它脱俗的气息……"我愣了一愣，才明白她口中的"吃景"原来是"憧憬"，想小声地提醒她，然而她却已经步入书店，隔着人群，只能看见她的长裙一角拖着地面，文艺得令人心醉神迷。

我和汹涌的人群一起挤进书店，狭小的空间里人满为患。vlogger哄抢着书架的书，有两名身着白色衬衫的女vlogger差点为了一本《中国哲学简史》而大打出手。那名长裙姑娘再一次映入眼帘，这一次，她手捧一本《狭义与广义相对论浅说》读得摇头晃脑："狭义相对论有两个基本原理：第一个原理是相对性原理，即物理学定律在所有惯性系中是相同的，不存在一种特殊的惯性系……"然而相对于其他vlogger来说，姑娘的朗诵俨然是一股清流，因为此刻整个书店成了一个大型复读机现场，不断回荡着"文艺""优雅""阅读使人高贵"之类的陈词滥调。然而相对于vlogger们贪婪的眼神，最贪婪的显然是书店的老板，他站在柜台后用自动咖啡机不停地冲调出一杯又一杯咖啡，咖啡的杯身打印着书店的logo，每杯咖啡售价50-80元不等，而购买者络绎不绝。这些咖啡供vlogger提神解渴，或者被vlogger纳入拍摄的素材之中，因为这些书店定制版本的咖啡能为vlogger的vlog提供额外的格调加成。我听到两名vlogger说，这家书店能成为网红书店，是因为老板雇用了一名百万粉丝的vlog网红来到这里拍了一则vlog，于是这家书店在一夜间走红，而在此之前，传闻老板差点就决定关店走人。

我呆立在书店的一角，目睹着我的一方净土彻底沦陷，而两手空空的我就成了整个书店里唯一一个异类。“你在干什么？”那名长裙文艺女青年不知何时来到我身边，“怎么，你也跟我一样，拍得累了，打算歇一会儿？”

“拜托，我压根就没拍。”我面无表情地回答。

“不拍vlog，你来这里干什么？”女青年一脸震惊，“咱们来这家网红书店，不就是为了拍vlog的吗？”

“谁跟你说我来这里是为了拍vlog的？”我一说到vlog，就气不打一处来，“这几年里，我一直到这家店来看书、买书，后来不知道怎么回事，这里居然成了什么网红书店，来了一大堆vlogger，你说这书店还怎么让人逛？”

“好吧，看不成书，你也可以来这里拍vlog呀。”女青年热切地说，“来都来了，那就拍点vlog再走呗。”

“我不拍vlog，谢谢。”

“你不拍vlog？”女青年瞪大了眼睛，“所有人都在拍vlog，你怎么可以不拍？”

“奇了怪了，我凭什么要拍vlog？”我瞪大眼睛，“因为所有人都在拍，所以我就要拍——这是哪门子道理？”

“我的意思不是所有人都在拍你就一定要拍。”女青年显得有些着急了，“我的意思是，vlog多好玩，它可以记录你的生活，上传之后还会有人给你评论点赞，像我刚拍的vlog，一上传，就收到十几个赞呢，正因为它这么好玩，所以大家全都在玩呀！”

“不好意思，我一点儿都不觉得好玩。”我朝女青年拱了拱手，转身就走，“告辞。”然而我一转身才发现自己无路可走：眼前全都是密密麻麻的人流，一时半会儿根本就走不出去，而女青年的问题则如同连珠炮似的发射出来：“所以，你为什么觉得不好玩呢？哪里不好玩呢？再说了，你不亲自试一下，怎么知道不好玩呢？”

“因为我是怪胎，我是沙雕，我是奇行种。”我双手一摊，“你拍你的vlog，别跟着我，谢谢。”

女青年摇了摇头，视线突然瞥向了我的右后方，我追随着她的视线，看到在不远的地方，一部摄像机的镜头正对着我们，扛着摄像机的人正是给女青年拍vlog的摄像师。“你把刚才的对话都拍下来了？”我问道，摄像师不置可否地耸了耸肩。“拍就拍吧，随便你们，反正也不是第一次了。”我摇了摇头，转过身，硬生生从人群里劈开了一条道路，终于离开了人声鼎沸的一亩书店。

我在街上闲逛了一个上午，只见熙熙攘攘的街头，拍摄vlog的人们越来越多，而在公厕里居然也有vlogger出没。一名秃顶的男士一边上厕所，一边对着前置摄像头镇定自若地说：“我现在在男厕所撒尿，不好意思拍不了全身，如果有哪位朋友想看全身，可以私信我……”到饭点的时候，我在路边摊吃了一碗馄饨，然后打算回家，想到一到家又要面对家人vlog的轰炸，我就感到全身不自在。就在我拐弯要离开子田街的时候，一名留着板寸穿着校服的小男孩拦住了我，煞有介事地对我说：“叔叔，你是不是就是那个说自己不拍vlog的人？”

小男孩脸型圆润，五官小巧，十分可爱。我笑着摸了摸他的脑袋，摇了摇头，转身就要离开，却不料他一把拽住我的胳膊，面露焦急。“在一亩书店，你说你不拍vlog。”小学生十分认真地说，手机的摄像头已经对准了我的脸庞，“肯定是你，你别抵赖，你长得那么有特点，我不可能认错人！”

“哈，你说的是这事儿啊。”我寻思着，肯定是那名文艺女青年把我们之间的对话当作vlog的素材给上传到了网上，“那个人就是我，我就是那个人，不好意思，献丑了。”

“没有献丑，没有献丑，没有献丑！”小男孩突然激动起来，他蹦跶到我身边，用前置摄像头录制着vlog，而我就因此在他的手机屏幕里与他同框，“大家好，我是人见人爱的小呆娃，今天我成功捕捉到了那个不拍vlog的沙雕，真人看上去没有那么沙雕，但多接触一会儿，我们就会发现他有多沙雕的吧！”

我注视着小男孩，心中萌生出踹他一脚的冲动，与此同时，在我们身边拍摄vlog的路人开始朝我们涌来。两名酥胸半露的高挑女郎捷足先登，一下子就挤掉了小男孩原本所站的位置，而我则被她们紧紧地夹在中间，场面一时有些香艳。“大家好，站在我中间的就是那个不拍vlog的沙雕，他长得真的超有特点诶！”话音未落，一名身着紧身背心、胸肌鼓突的大汉一把揪住我的衣领，把我从两名温香软玉的女郎中间提了起来，而他的另一只手举起了手机，将前置摄像头对准了我们：“大家好，沙雕在手，点赞我有，欢迎大家点击小红心，爱你们哟，么么哒！”

我甩臂蹬腿，用力挣扎，但却怎么也挣不开，大汉满面春风地拍着vlog，笑容灿烂，得意非凡。我感觉我的怒火在不断上升，这使得我脑袋发涨，脸庞发烫；而我的恐惧却在不断下沉，于是我双腿发软，颤抖如筛糠。围观者越来越多，他们纷纷举起了他们拍摄vlog的设备，并发出此起彼伏的惊呼：

“快拍，快拍，这就是那个沙雕！”

“妈啊，凭什么只有那个傻大个能和他同框！”

“要不要把那个沙雕给抢过来？抢过来，我们也红了！”

……

人群开始向前拥挤，前排的围观者伸出胳膊，拉拽着我的衣服和身体，大汉架不住那么多人同时用力，最终迫不得已松开了手。就在大汉松手而那些拽住我衣服和身体的手还没抓牢的瞬间，我三个箭步冲出包围圈，然后拔腿开始飞奔，而在我身后，那些围观的vlogger追了上来，怒吼着“抓住那个不拍vlog的沙雕”。越来越多的人加入到这场追逐中来，他们从四面八方汹涌而至，眼看着来自各个方向的人群就要将我逼到走投无路的境地，我突然闪身窜入一条只能容两人通过的小巷，而所有的追逐者全都扑了个空。追逐的人群在巷口扎起了堆，他们为谁先进入小巷而争吵不休，而当第一个人开始穿越小巷的时候，我已经拐入了另一条巷道，一下子就消失在了他们的视线之中。

我戴上卫衣的兜帽，穿行在小巷之间，在不到500

米的路程里转了12个弯。这一切对于熟悉这一系列巷子的我来说简直轻车熟路，而对于不熟悉这一地界的人来说，这些巷子就足以把他们绕晕——从我开始逃跑的那一刻起，我就瞄准了这条小巷开始飞奔，这是我唯一能脱困的方法，而我最终成功地躲过了他们的追击。5分钟后，我钻出小巷，确认身后再也没有追赶者，然后低着头捂着脸匆匆赶路，从小巷口到家的这300多米有惊无险，没有任何vlogger认出我来。直到走进公寓楼，我才试着弄明白这一切到底是怎么回事：我不过是在一亩书店和一个之前从未谋面的文艺女青年有过一番并不算热络的交谈，怎么莫名其妙就遭到了那么多vlogger丧心病狂的追杀？

我敲开我家的房门，然后就听到我爸、我妈，还有我姐齐声的惊呼，还没等我开口讲述今天发生在我身上的奇遇，我姐一下子就嚷嚷开了："我亲爱的弟弟，你红了，你真的红了！现在半个地球都在讨论你，讨论你为什么是一个不拍vlog的沙雕！"

"等一下，等一下。"我脱下外套，给自己倒了一大杯白开水，一饮而尽，"我知道自己红了，因为我刚刚逃离了整条街的魔爪，所以现在，谁能告诉我，我为什么红了？”

“如果你出门带手机的话，恐怕你早就知道了。”我爸打开了一个叫作EUV Vlog的app，这是全球最大的vlog视频软件，用户可以通过EUV Vlog来拍摄vlog，也可以通过EUV Vlog分享自己的vlog，或者观看、点赞、评论、转发别人拍摄的vlog并关注自己感兴趣的vlogger，除此以外，EUV Vlog还会通过系统算法把一部分vlog推荐到首页，被推荐的vlog会在短时间内得到大量的流量。“你居然说你从来不拍vlog，”我妈点击首页推荐第一名的vlog，正是我和那名文艺女青年的短暂交谈，在这则vlog中，我言之凿凿地表达了对于vlog的困惑和鄙视，快播放到末尾的时候，我妈打开了视频的弹幕开关，一瞬间，成千上万条弹幕汹涌而至，几乎把原视频遮得连一个像素都看不到。“这条vlog的播放量已经突破了两个亿，现在奔着三个亿去了。”我姐说，“发送这条vlog的女孩子，一个小时里涨了几百万粉，现在已经成了一千多万粉丝的超级大号——而在她拍你之前，她只有一百多个粉丝，典型的小透明。”

"所以我就是因为这条vlog红了？"我感到不可思议，"就因为我不拍vlog，而且还鄙视vlog，所以我就红了？"

"没错，在到处都是vlog的世界里，居然有一个人说自己不拍vlog而且还鄙视vlog，你说这事儿有多稀奇！就像你自己说的，你是怪胎，是沙雕，是奇行种，是比所有vlogger拍的vlog都稀奇的存在。"我姐说话的时候，我妈刷了两下手机，指向了三条最新被EUV Vlog推荐到首页的vlog，看封面，正是我在街头被小学生、性感女郎和壮汉搭讪的视频，三条视频分别上传于十多分钟前，可见一上传就被迅速推到了首页："这三个视频，播放量已经破了300万，几个拍视频的家伙，粉丝数从两位数一下子涨到了五位数，简直太夸张了！"

"所以，我的小老弟，快让我们沾点光吧。"我姐看着我，眼睛里流露出贪婪的目光。"对，对，沾点光，跟咱们拍点vlog呗。"我妈满面堆笑，"现在拍，马上就传，我们全家就红了！"而我爸则板着脸，严肃地说："儿子，养育之恩，当涌泉相报，现在就是你报答我们、孝敬长辈的时候了！"

“爸，妈，姐，”我揉搓着太阳穴，只觉得头大如斗，“我刚才在街上被人认了出来，然后被整条街的人追着拍vlog，所以我求求你们，是不是可以放过我，至少是放过我一阵子？”

“放过你一阵子？这说的是什么话嘛！”我姐手持手机，向我逼近，“现在是你最红的时候，越早拍，就越有流量，等到你不红了，再拍你还有什么用？”“就是，就是。”我妈附和道，从电视柜里掏出了一台卡片机，镜头锁定在我的头部，“你一走红，我们就给你打电话，叫你回来让我们拍，没想到你居然没带手机，结果就给别人抢了先手，你说可惜不可惜？”“拍顶级网红就要用顶级装备。”我爸从柜子里搬出了手提式专业摄像机，然后又搬出了三脚架，三脚架连着摄像机，整一套设备显得复杂高端，张牙舞爪，“这家伙值两万多块钱，我平时拍vlog都舍不得用，现在就轮到它大显身手了！”

手机、卡片机和摄像机同时向我逼近，他们的镜头仿佛黑洞洞的枪口一般瞄准了我。“行，行，我从了你们。”我举起双手，表示投降，“来吧，你们想怎么拍？”

话音刚落，我就迎来了噩梦般的三个小时。先是我姐登场，她怂恿并指挥我家的猫朝我发起冲锋。“大橘，怼他！”我姐甫一下令，我家名叫“大橘”的橘猫就朝我扑来，别看大橘圆润肥硕，四肢短小，然而反应十分敏捷，在我姐的指挥之下，大橘冲着我上蹿下跳，左右出击，虽然在我虎虎生威的掌风之下大橘的攻击无一命中，但仍把我折腾得左支右绌，狼狈不堪。整个过程被我姐的手机忠实地记录下来，上传到了EUV Vlog的萌宠板块，vlog的标题为“我家大橘VS不拍vlog的沙雕”，短短半小时里就收获了两百多万观看量。而当我妈要我跟她拍vlog的时候，我分明看到了我姐脸上露出恋恋不舍的表情，那种留恋之情是如此真诚，让我不寒而栗。

接着就轮到我和我妈共度一段vlog时光，她打开音响跳起了广场舞，然后就邀请我跟她一起跳。我妈确实是广场舞的个中好手，舞姿绰约，表情到位，朝气蓬勃，而我作为广场舞界的外行，完全根本跟不上我妈的节奏，只能悲伤而无助地扭动着我的躯干和四肢。一曲跳罢，再来一曲，我妈渐入佳境，在音乐和舞蹈里陶醉不已，而我则完全迷失在魔性的节奏之中，彻底释放了自我，真的像一个“沙雕”一般转髋拧臀并且摇头晃脑，和我妈优雅知性的广场舞脚步相得益彰。10首歌跳罢，我妈意犹未尽地将拍好的vlog上传到EUV Vlog的歌舞板块，标题取得朴实无华，就叫“不拍vlog的沙雕和他的老妈跳广场舞”，发布一分钟，播放量突破10万，在评论区，我妈喜提“广场舞王”的美誉，而我则收获了“沙雕舞者”的称号。

然而最让我崩溃的是我爸，他要求我坐在小马扎上，双手置于膝盖，挺胸收腹抬头，在摄像机前乖乖地听他训斥我两个小时，而他讲的则尽是催婚催生和不孝有三无后为大之类的话。只见我爸一会儿慈祥和蔼，一会儿盛怒不已，一会儿慷慨激昂，一会儿和颜悦色，讲了两个小时不带喝水和上厕所，身体素质好得让人欣慰，相形之下，我坐在小马扎上汗流浃背、如坐针毡，一老一少的身体素质和心理素质高下立判。两小时后，我爸终于无话可说，示意我姐关掉摄像机。“爸，先别急着上传，”我姐说，“你这录得有点长，最好剪辑一下。”我爸深以为然，频频点头：“对，剪一剪，要重点突出我教子有方的形象和他洗心革面的神态，我要让全天下的父亲都知道，在这个浮夸的时代，该怎么教育好自己的子女！”

于是我姐操刀剪辑，还加了不少五毛特效，比如把我爸说的诸如“不生孩子怎么证明自己的性能力”这类金句配上绿光闪闪的字幕，又或者在我的眼睛下方加上两行湍流不息的眼泪。我姐将剪辑后的vlog给我爸过目，我爸十分满意，给视频取名叫作“教育教育不拍vlog的沙雕儿子”，然后上传，直到上传进度推进到99.9%的时候，我爸才发现自己忘记把这条vlog发布到具体的某个板块，等到他想撤回的时候，视频已经上传成功，而系统根据算法，居然默认将这条vlog上传到了“鬼畜”板块。“鬼畜？什么是鬼畜？”我爸慌张不已，在房间里焦躁地来回踱步，“女儿，你说我是不是应该删了重发？”“没必要，鬼畜也挺好的。”我姐一脸坏笑地说，“说不定会有意想不到的惊喜呢。”

事实证明分到哪个板块并不重要，只要vlog里有我这么一个不拍vlog的沙雕，这支vlog就能大火特火，火出天际。而由于这一并不鬼畜的视频误打误撞闯进了鬼畜区，就遭到了广大网友的鬼畜创作——所谓“鬼畜”，是通过视频或音频剪辑，用频率极高的重复画面或声音组合而成的一段视频，能产生意想不到的搞笑效果。比如他们把我爸修成了唐僧的模样，然后通过剪辑让他不断重复“不生孩子怎么证明自己的性能力”这句话，而我就被他们修成了戴着金箍圈的孙悟空，在我爸魔性的金句输出之下显得痛苦不堪。我爸显然对鬼畜这种全新的艺术形式不能接受，他对这些鬼畜自己的作品破口大骂，怒斥说如果自己逮到了这些鬼畜自己的小兔崽子，一定会用戒尺抽他们的屁股，就像当年他抽他儿子也就是我的屁股一样。然而另一方面，这些鬼畜作品却又令他喜上眉梢：这些鬼畜作品蹭上了我的热度，一下子就收获了巨大的流量，这就使得越来越多的vlogger加入到鬼畜我们父子俩的行列之中，而这些鬼畜作品就为我父亲的那则vlog煽了一波又一波的流量之火，短短半小时内，我父亲的那则vlog就有了1000万的播放量。

三个小时后，我爸、我妈和我姐在vlog上的粉丝数均突破百万，而我们一家四口俨然成了vlog界最火的家庭，但是这并不能喂饱我家里人的胃口，他们不断催促着我继续和他们拍vlog。“我的评论区都炸了，他们强烈要求你再和大橘玩一玩。”我姐把大橘抱到我面前，抓起大橘的爪子就要往我身上蹭，“你瞧，大橘觉得你多好玩！”我后退十几步，确认自己和大橘拉开了一段安全的距离，才敢冲着大橘一阵龇牙咧嘴：“不好意思，它觉得好玩，但是我不觉得它好玩。”而相对于我姐要我和她拍vlog的方式，我妈的方式就要难缠得多，她试图用亲情之爱来打动我：“儿子啊，我一把屎一把尿地把你拉扯大，你居然连一个小小的vlog都不愿意和我拍！”我看着我妈憔悴的眼神，听着我妈忧伤的控诉，心中不忍，思忖着要不就点头答应，但稍一转念，回想起被我妈的广场舞步所支配的恐惧，登时就变得铁石心肠。“我刚才已经孝敬过您了。”我朝我妈拱了拱手，“您可不能说儿子不孝顺啊。”

但是最难缠的还是我爸，他居然从床底拿出那把在我屁股上起落过成千上万次的戒尺，像举着根烧火棍似的在我面前比画着：“小兔崽子，长大了，骨头硬了？你别嚣张，我是你爸，你骨头再硬，我都能抽你！”然而他未曾料到的是，我昂首挺胸，毫无惧色：“你是我爸，你抽我吧，反正我是沙雕，我皮厚。”我爸愣了一愣，二话不说，戒尺凌空劈落，眼看着戒尺即将接触到我的脸颊，却不料他手腕一抖，硬生生收回了这势在必得的一击：“你小子，算你狠，骨头还真是硬了。行，现在从我面前滚开，别让我再看到你！”

我回到我的房间，仰面朝天躺在床上，还没躺结实，就听到门口传来隐隐约约的响动。我翻身而起，惊悚地发现我房间的门被推开了一条缝，紧接着一枚摄像机的镜头伸了进来。“爸！”我怒喝道，三步并作两步冲到门口，打开门，只见我爸扛着摄像机，讪笑不止。“你叫我滚，我就乖乖滚了，我滚了，你倒是来了。怎么着，我不配合，你们就要偷拍我，这算是几个意思？”

我爸掉头走开，我回到我的房间，锁上门，怒不可遏。为了vlog，为了流量，儿子的个人隐私都可以出卖，这个vlog的时代，到底还有什么事情是这帮vlogger做不出来的？！在盛怒之下，我打开门，冲出了我的房间，还没开口，手机、卡片机、摄像机三个镜头齐刷刷地对准了我，而就当我打算返回自己房间的时候，大橘已然杀到，一屁股坐在我房间门口，耀武扬威地朝我挥了挥它橘色的喵喵拳。

“好弟弟，你不要怕，我们就随便拍拍。”我姐柔声说，“你可以吃饭、看书、玩电脑，怎么样都行，我们不影响你。”“对，我们不影响你。”我妈抽噎着，几乎就要声泪俱下，“我们就是想通过vlog来记录你的生活，真的不会对你干什么。”“对对，记录生活，记录生活嘛。”我爸居然也变得温柔起来，“网上的这些网友们都很关心你的生活，所以我们就拍点你的生活给他们看看，遂了他们的心愿嘛。”

“你们不是遂他们的心愿，而是为了遂你们自己的心愿，为了vlog，为了流量，你们什么都做得出来！”我转过身，面朝我的房门，对着大橘遥遥击出一掌，“大局为重，大橘，请您让开。”

大橘或许是被我的掌风所震慑，又或许是听明白了“大局为重”，一溜烟就跑了，我走进我的房间，却不料我姐一个箭步抢了进来。“我的好弟弟，脾气是一如既往的坏啊。”我姐的嘴角勾起一抹似笑非笑的弧度，“不过就是拍个vlog，又不是抢你的老婆，你至于这么小心眼？听好了，今天你是拍也得拍，不拍也得拍！”话音未落，我爸和我妈走进房间，举起他们的卡片机和摄像机，加上我姐手里握着的手机，三台设备互成犄角，形成攻守兼备之势，而我被困在三人之间，怎么看都逃不掉了。

“好吧，算你们狠。”我双手一摊，长叹一声，“你们拍吧，我躺床上玩会儿手机。”说完，我躺在床上刷起了朋友圈，而我爸、我妈和我姐就扛着他们的装备，一语不发。半小时后，我翻身下床，走向房间门口，才迈出三步，家里的三位vlogger就如临大敌般聚拢过来。“我都让你们拍这么久了，你们还这么防着我？”我舒舒服服伸了个懒腰，“我现在要去厕所，你们要不要陪我去？”

我爸、我妈和我姐让开一条道路，我拿着手机，拖着疲惫的脚步走出房间。在我身后，三位vlogger步履不停地跟着我，一直等我跨入洗手间的门槛，他们才放下他们的设备。也就在他们懈怠的一瞬间，我突然以百米赛跑的速度向我家大门冲刺，即便他们一下子就明白了我逃跑的企图，放下设备就追了上来，但以他们的速度，无论如何都不可能追上我的步伐。我飞奔出公寓楼，而我爸、我妈和我姐才刚刚到二楼，我用最快的速度冲到马路对面的超市，戴上兜帽，混入到人群之中，回身再看，只见马路对面，我爸、我妈和我姐茫然地注视着前方，我们之间人潮汹涌，而他们再也找不到我的身影。

我低着头，步履匆匆，到货架上取了三只口罩，上柜台用手机付账的时候，我感觉一颗心几乎要跳出胸膛，所幸的是，无论是营业员还是顾客，都没有特别关注这个始终低着脑袋的怪人。我戴上口罩，从另一个出口出门，扬手招了一辆出租车，目的地是距离我家最近的一家叫作帅帅客栈的一星级酒店。这一周，我打算在帅帅客栈避避风头，毕竟，所谓网红，红得快，过气得也快，只要我长时间不露面，那自然而然就会过气，而到那时候，我就能光明正大地上街，而我家人也不会再找我麻烦了。

我来到帅帅客栈的前台办理入住，在登记身份证的时候着实捏了一把汗，但最终有惊无险顺利通关。众所周知，身份证照片往往与本人真实长相相差悬殊，因此当我通过手机递交在线身份证的时候，前台这位拍着vlog的大妈并没有根据身份证照片认出我来。大妈给我安排的房间在一楼，窗外是一条并不算热闹的街道，我躺在污渍斑斑的床铺上，心头如释重负，至少这几天里不会再有人骚扰我了。我关掉手机，无视来自我家人的上百条微信和几十条未接来电，很快就睡着了。

这是一段酣畅无梦的睡眠，直到我被窗外的喧哗声吵醒，有人大声嚷嚷着“沙雕”和“奇行种”，还有人在高声嚷嚷着我的真名“吴厘”。我搓揉着困倦的双眼，下床打开灯，登时魂飞魄散：窗外，成群结队的vlogger手持手机或者摄像机，把镜头对准了睡眼惺忪的我，对流量的饥渴和贪婪在一张又一张脸上辗转流动。而在我的房间门外也聚集了一批vlogger，他们时而高呼，时而踹击门板，每一下击打发出的闷响，都使得我心惊肉跳。

在最初的恐惧过后，理智一点一点回归我的大脑，我深吸一口气，拉上窗帘，隔绝一众长枪短炮。我拿起手机，以“不拍vlog的沙雕”为关键词进行搜索，很快就明白为什么这群vlog能发现我的藏身之所。

他们通过我的衣着和长相对我进行人肉搜索，从而搜索到了我的姓名、住址、手机号和身份证号。

得知我住址的vlogger们赶到我家，却得知我已溜之乎也，于是他们再一次发动起第二波人肉搜索，而在这个过程中，那名载我到帅帅客栈的出租车司机起到了关键的作用。他一边载客，一边用悬挂在车内的车载摄像机录制vlog，而当他接完我的单，随即就发布了他刚才录制的内容，并附上了一条评论：这个戴着帽子和口罩的家伙，怎么就这么像那个不拍vlog的沙雕呢？正是他的这条vlog给广大vlogger提供了新的搜索线索，他们很快就找到了我藏身的帅帅客栈，而同为vlog爱好者的前台大妈十分轻易的就透露了我的房间号，而我的藏身之处就此暴露无遗。最初找到这里的vlogger拍了一段长达3小时的vlog，整段vlog内容无他，就是隔着窗户拍我睡觉，就是这条无聊到极致的vlog，在短短一个小时里收获了上千万的播放量。随着越来越多的vlogger知道我现在的住处，他们纷纷来到这家名不见经传的一星级客栈，有些vlogger捷足先登，抢先入住，入住后就在我门外扎堆，这直接导致帅帅客栈的所有客房在短时间内被抢购一空，而更多的vlogger就只能隔着窗户待在街头，在寒风中坚持蹭我的热度。

现在我无法入睡，同时又饥肠辘辘。我已经有十几个小时没有吃任何东西，想叫外卖，却没有这个胆量，因为我担心倘若我打开门，哪怕是一条缝，这些丧心病狂的vlogger就完全有可能冲进来。而即便我不吃不睡，我仍旧无比担心我的人身安全：窗外的vlogger随时可能破窗而入，而到那时候，我将彻底孤立无援。

权衡再三之后，我决定报警，这是我唯一能够拯救自己于水火之中的方法。10分钟后，警察来到，在弄明白事件的前因后果之后，警方雷厉风行地开始了行动：首先，他们驱赶了守候在我房间门口的vlogger，接着在窗外拉起了警戒线，又加了一圈由三合板拼接起来的围栏，然后，警方警告在场的各位vlogger，请勿越围栏一步，否则后果自负。警车离开后，围在屋外的vlogger果然收敛了不少，但是他们仍旧隔着围栏对我大呼小叫，而内容无外乎“怪胎”“沙雕”“奇行种”之类的陈词滥调。

我终于叫上了外卖，由清洁工阿姨确认门外没有vlogger聚集后，敲门将外卖转交给我。然而在围栏外聚集的vlogger们仍旧使我十分困扰，他们的喧哗使我无法入眠。我的避而不见并没有使得这些vlogger的热情减损半分，相反，有越来越多的vlogger从全国各地赶来，只为远远地看一眼我这个不拍vlog的“沙雕”。我听清洁工阿姨说，同一个人拍同一件事，如果在我住的房间外拍，这则vlog就能获得极高的流量加成，而如果在其他地方拍，就完全可能无人问津，也正因为如此，我出现与否就变得不再那么重要，而vlogger们纷纷在屋外开始了匪夷所思的表演：

有一个光头男人拿了一柄纸糊的大刀，声称为了捍卫vlogger的尊严，要与我决一死战。

有一名老大爷上身赤裸，在原地来回蹦跶，口中念念有词，说是房间里妖气弥漫，他要通过自己的咒语降妖除魔。

还有姑娘冲着围栏单膝跪地，手捧玫瑰，自称是我的追求者，并自述自己名下有7套房产，5辆豪车，娶了她可以少奋斗500年。

然而姑娘的表白很快就遭到了一位少妇的挑战：这名少妇自称是我的未婚妻，一个月后就要与我成婚，然后她警告那位向我表白的姑娘，金钱买不来真爱，请她好自为之，不要拆散一个美满和睦的家庭。

而最令我震惊的，是我在这些狂热的vlogger中看到了我爸、我妈和我姐的身影，他们穿梭于人流之中，用高音喇叭向我发出爱的呼喊：“吴厘，你快出来，你妈妈喊你回家吃饭！”

我不出去，打死我也不出去。我只要踏出这扇门，就会被这群vlogger当作小丑一样拍摄围观。我来到洗手间，注视着镜中憔悴的自己，几十个小时都无法入睡的我满脸憔悴，形容枯槁，像是被什么东西给一把抽掉了魂。悲伤就在此刻取代了愤怒，我难以自抑地放声大哭，一直哭到嗓音嘶哑，眼泪干涸。走出洗手间的时候，天已擦黑，而我突然发现窗外的喧哗声要比平时少了许多，掀开窗帘的一角，才看到窗外的人已经走了将近一半。门外传来敲门声，同时响起了清洁工阿姨的声音，我透过猫眼确认门口只有她一个人，这才放心地打开了门。“告诉你一个情报，你马上就要过气了。”清洁工阿姨说，“就在一亩书店，又有个不拍vlog的沙雕出现了，这家伙大骂拍vlog的都是傻帽，现在已经红透半边天了。”

“所以原来围观我的人现在都去围观他了？”我问道。

“没错，关键是这家伙要比你有表现欲得多。”清洁工阿姨拿出手机，打开一条vlog给我看，“他就是因为这条vlog火起来的。”在这条vlog里，一名留着寸头的帅气小伙儿站在书店当中，振臂高呼：“知道我为什么不拍vlog吗？因为我觉得拍vlog的都是傻帽。当然了，你们也会觉得我是傻帽，但这不重要，因为现在，你们的镜头全都对准了你们心目中的傻帽，我就觉得，这件事特别傻……”

“我感觉这家伙是在自我炒作啊。”我咕哝着。

“你猜得没错。”清洁工阿姨说，“在拍这些视频之前，这家伙就是个三流网红，拍过一大堆vlog，都没怎么红，这次靠模仿你，一下子就红了，而为了经营自己不拍vlog的人设，他删光了所有拍过的vlog。虽然大家都知道是怎么回事，但是仍旧疯了似的去追他，现在他的vlog账号一下子多了几千万粉丝，找他的人多到把整条子田街都给堵了。毕竟，真相不重要，重要的是他有话题，有流量，这就够了嘛。”

“我猜他不是第一个模仿我的人，也不是最后一个。”我苦笑道，“今后，模仿我的人会越来越多吧。”

“是啊，不过你不得不承认，这家伙是模仿得最成功的那个。至于后续跟风的，现在多得根本就数不清。”清洁工阿姨在EUV Vlog上搜索关键词“不拍vlog的沙雕”，接着把她的手机递给我，“你拿去自己看吧。”

我接过清洁工阿姨的手机，随便点开其中几支vlog，只见各路跟风之作层出不穷：一名家庭妇女模样的女人正声泪俱下地控诉vlog毁了他儿子的学业；一名西装革履的白领揪着自己的领带说“自从不拍vlog，我从月入3000到月入5万”；还有一老头，手抚一看就是用胶水黏在下巴上的假胡须，摇头晃脑说什么“世风日下，人心不古，vlog不死，我意难平”。我又见到了那名穿着长裙的文艺女青年，在vlog中，她坐在一家咖啡馆安静地看书，而在vlog的底部则闪烁着这么一段话：

> 放下手机，放下vlog，
>
> 我们都要过更充实更有意义的生活。

“这么说的话，我也快解放了。”我掀开窗帘，再向外看，守候在围栏外的vlogger已经寥寥无几。

“我估计，明天这个时候，你就能回家了。”清洁工阿姨说，“我老板要我转告你，感谢你给他带来这么多生意，而且正是因为你，给他的vlog账号带来了几百万粉丝。”

事实上我回家的时间比大妈预测的还要早几个小时，第二天上午，我离开帅帅客栈，戴上兜帽和口罩，小心翼翼地回到了家。我到家时家里空无一人，我猜测我爸、我妈和我姐此时正在追随着那些新晋vlogger网红的脚步。我洗了一把澡，美滋滋地睡了一觉，醒来的时候已是黄昏，而我的家人还没有回来。

我走出房间，一个人在街头遛弯，现在，我不必戴上兜帽和口罩，就可以放心大胆地去我想去的任何地方，而鬼使神差地，我最终回到了一亩书店，而令我意外的是，一亩书店里居然一反常态地安静。书店里，没有一个人在拍vlog，相反，他们都在安静地选书或者阅读，而在这些阅读者的身边，都配有一个为他们摄像的人，默默地记录着他们沉浸于阅读时的状态。而就在几天前，这里曾经沸反盈天，充斥着

vlogger发出的嘈杂声响，而我就站在和现在相同的位置，不明所以地一炮而红。

我突然觉得这一切显得前所未有的滑稽，包括我的走红、我的过气、眼前装腔作势的阅读，还有几天前人声鼎沸的环境，突如其来的，一种恶作剧的心情从心底滋生出来。于是，我走到书店中间，掏出手机，打开手机视频，对着前置摄像头响亮地说道：

“我是吴厘。

“一个从来不拍vlog的沙雕。

“这是我的第一支vlog……”

PUA 刺客

金牛座会花 19 块钱点双份 Espresso，

然后问服务员要一个大杯子和冰块——

这不就两杯美式了嘛。

“美式，Grande，加冰，不加水，低咖啡因，谢谢。”

“先生，您贵姓？”

“我姓吴。”

“吴先生，一杯大杯的美式咖啡，加冰块，不加水，低咖啡因？”服务员说，“请问您有没有本店的会员卡？”

“没有。”我说，递过显示着支付宝付款二维码的手机。

我身后的姑娘瞪着我，眼神狐疑。姑娘长发及腰，身高1.75米，大额头，双眼皮，高鼻梁，尖下巴，穿着黑色蝙蝠衫和牛仔包臀热裤。“呃，大杯美式，不加水，加冰……”她一边说，一边不时瞄向我，眼神暧昧，“哦，对了，还有……低咖啡因。”

我捏着小票，在吧台等饮料。姑娘走来，低着头，在我身旁站定。“低因去水，天蝎座人士的选择。”我说，“然而，你是双鱼座。”

“你是谁？”姑娘手一抖，小票从指间掉了出来。

“双鱼座不会这么问。”我弯腰，捡起姑娘的小票，“我反悔了，我觉得，你应该是金牛座。”

姑娘扑哧一声笑了出来。“金牛座会花19块钱点双份Espresso，然后问服务员要一个大杯子和冰块——这不就两杯美式了嘛。”

我们的咖啡几乎同时做好，美式咖啡，不过是咖啡兑水或者加冰，制作速度飞快。“统计数据表明，长发及腰的女孩子，有63.5%的概率是双鱼座或者是金牛座。”我说，“果然，你是金牛座。”

“哦？是吗？”姑娘坐在了靠窗的位置，“那你倒是说说看，这是为什么呢？”

“为什么并不重要。”我坐在了姑娘的对面，“你不应该纠结为什么。”

姑娘眨了眨眼，眼眸里全是好奇：“那我应该纠结什么？”

“我只要知道这两个星座和长发及腰有关系，这就够了，至于为什么会有关系，这不重要。这就是大数据分析的精髓：只要知道两件事情有关系，但不用知道为什么有关系。”我抿了一口咖啡，习惯于喝拿铁的我强行忍住冰美式的苦涩，愣是没有皱眉。

“而星座学呢，就会帮你分析因为双鱼座的女孩子妩媚忧郁所以喜欢留长发，而金牛座特别抠门所以不常去剪头发所以也喜欢留长发……这个，就是扯淡了嘛。”

“可是……知道有关系又有什么用呢？”姑娘沉吟道，“哦，大概也就能用来猜猜星座，去搭讪别人了。”

我点点头，作势鼓起了掌。姑娘的思路，很单纯也很天真。“不过，就这个用途，已经很厉害了嘛。”我说道，同时视线不经意地掠过手腕，此刻，Apple Watch的屏幕上悬浮着两行小字：

状态：等人

预计到达时间——3小时后

“你喝了这杯咖啡，等会儿去干什么？”

“唉，就在刚才，被放鸽子了。”我苦笑道，“约好和朋友吃饭，我人都到了，他跟我说老板有急事要找他……”

“这可真倒霉。”姑娘说，“不过我的朋友好像也迟到了。”

我很想告诉她：

今天下午，她的朋友是不可能出现在这里了。

我是数据刺客。

我用数据PUA。

所谓PUA，即Pick up Artists，中文直译，即搭讪艺术，而搭讪无外乎是为了泡妞，因此也往往被理解为泡妞术。

我PUA的利器，是数据，或者说，是一款叫作“PUA刺客”的APP：版本号3.02，适配苹果手机的IOS系统和Apple Watch的Watch OS系统。

十分钟前，姑娘走进咖啡店，跨过门槛，朝我投来了颇为暧昧的一瞥。我马上意识到泡这姑娘有戏，在柜台前排队等候点单的我偷偷拍下了她的两张照片，一张是正面照，一张是全身照。PUA刺客将两张照片自动发送到位于5公里外放置于我家客厅里的服务器，而这才是PUA刺客的真正核心。

首先，PUA刺客执行“刺客搜索”，将姑娘的正面照和全身照作为搜索对象进行交叉搜索：仅以面部特征作为搜索对象，共搜得2317名面部相似度在75%上的女士；再将姑娘的全身照加入搜索，范围锐减至93人；最后通过窃取用户在24小时内的IP地址，将范围缩小到一人。“刺客搜索”将结果返还到我的手机APP，于是我的手机屏幕上，滚动着这么几行信息——

姓名：夏侯小欧

性别：女

生日：3月10日

星座：双鱼

毕业院校及专业：×大高等物理专业

……

然而这一切不过是开始而已。

PUA刺客的“爬虫模块”启动，释放出Pyhton爬虫，Pyhton爬虫大肆爬取夏侯小欧的社交网络活动记录，包括夏侯小欧在微博、豆瓣、知乎等社交平台发布的所有动态。以夏侯小欧在微博、豆瓣、知乎等平台留下的社交网络活动记录为基础，PUA刺客就能建立起专属于夏侯小欧个人的“预测模型”。当夏侯小欧的语音通过手机拾音器被输入系统后，PUA刺客会在0.03秒内定制数以千万计的应答方案，并将这些应答方案输入到PUA刺客的“预测模型”之中，而“预测模型”就会预测夏侯小欧的情绪反应：通过一个以喜悦、悲伤、愤怒、焦虑等一共126项情绪指标构成的情绪量表，将夏侯小欧在收到不同应答方案后产生的各种情绪打一个分，分值越高，就说明该应答更能取悦夏侯小欧。比如，当夏侯小欧问我“吃了吗”的时候，PUA刺客定制的一条应答方案是“吃了”，另一条是“刚吃完，你呢”，将这两条应答输入到“预测模型”之中，为夏侯小欧定制的“预测模型”就会对夏侯小欧的情绪反应进行预测：对于“吃了”这一应答，“预测模型”给出的分值是23分，而对于“刚吃完，你呢”这一应答，“预测模型”给出的分数是68分，这就证明，对于夏侯小欧来说，“刚吃完，你呢”是一个比“吃了”要优秀得多的回答。通过打分并比较的方式，“预测模型”将成千上万条应答方案进行比对，最终为我挑出得分最高的应答方案，最后，借助我左耳内塞着的微型耳麦，PUA刺客以电子声的方式告诉我最佳应答方案的内容，而我则将这一应答方案复述出来。

从搜索信息、爬取数据到搭建模型，整个过程，不过30秒钟而已。从接收夏侯小欧的语音，到语音识别、输入模型最终得出最佳应答，整个计算过程不超过0.112秒，于是，当耳麦中的语音以优雅的女声向我传递应答方案的时候，就仿佛同声翻译一般实时同步。轮到我点咖啡的时候，我已经获悉了夏侯小欧的全部信息，并熟悉了夏侯小欧喝咖啡的习惯，于是，于是我点了一杯她在下一刻就会点的冰美式，再参考耳麦传入我耳朵的语音，成功搭讪。

而夏侯小欧今日的见面对象，欧阳大可，并非她口中所说的同事，而是她大学里的富二代同学，身材臃肿，其貌不扬。她所不知道的是，欧阳大可此刻仍在家中，距离我们足足有20公里。

要获悉这一切，只需要获知欧阳大可的手机地理定位。我顺便搜索了两人之间的社交网络互动关系，令人意外的是，两人的互动居然一片空白：微博没有互关，各个社交平台的互动记录也是空空如也。

看来不是恋人关系，也不是追求者与被追求者的关系。我又搜索了两人的历史定位，重合度非常高，地点有商场、车库、电影院，说明见面相当频繁，而即便有大数据相助，我依旧无法弄清两人的关系，但这对我来说并不重要，真正重要的是：

今天下午，这个叫欧阳大可的男人，90%是不可能出现在这里了。

“我听说，金牛座的女孩子，耐心会比天蝎座的男人高出31.3个百分点。”我对夏侯小欧说，“这才过去两分钟，我就已经坐不住了，而你还是那么淡定。”

“你是做数据分析的吧。”夏侯小欧翘起了嘴唇，“否则怎么会一张嘴就是数据？”

“U大，数据分析专业，研一。”接着，我听从PUA刺客，顺便做了自我介绍，“我姓吴名厘，wuli欧巴的吴厘，很高兴认识你。”

“wuli欧巴的吴厘？我看你是无厘头的吴厘吧。”夏侯小欧笑出了声，“我叫夏侯小欧，大小的小，欧洲的欧。你猜我学的什么专业？”

根据PUA刺客给我提供的信息，我得知夏侯小欧毕业于X大，是本市最好的大学，专业是高等物理，大学三年，年年全额奖学金。我几乎就要将正确答案脱口而出，却不料耳麦给了我一个完全出乎我意料的回答，而我只能硬着头皮将它说出口。

“猜完了。”

“你猜的是什么？”

“你猜。”

夏侯小欧笑起来，声音清脆：“我是理科生，高等物理专业——喂，没想到吧。”

“天呐，女版谢耳朵！”我说，“还好有你在，否则整条街的智商都要降低啦！”

“啊咧？”夏侯小欧眨了眨眼睛，“为什么不是拉高了整条街的智商？”

“因为我拉低了整条街的智商，而你的存在又把它给拉平了嘛。”

“这彩虹屁拍的……”姑娘嘴角微微上翘，掠过一个不易察觉的笑容，“所以，你的意思是，你不是一个聪明人咯？”

“我是精神受虐狂，”我说，“遇到比我聪明的人，就希望对方能在智力层面好好虐我——鄙视我，羞辱我，唔，就是这样。”

夏侯小欧微微摇了摇头，抿了一口咖啡。但我分明看到，当她在吞咽的时候，两侧的嘴角咧得更开。“如果是这样，那对于比你笨的人，你就会羞辱他咯？”夏侯小欧说，“你这一会儿虐人一会儿受虐的，是精分，得治。”

我耸了耸肩：“实不相瞒，我就是那只薛定谔的猫，摇摆在不确定性之间。”

“薛定谔的猫可要比你可爱多了。”夏侯小欧挑了挑眉毛，“薛定谔把妹法，了解一下？”

“那个只能骗小学生，我还是觉得牛顿把妹法更有建设性。”

“你这是在开历史倒车——”夏侯小欧挑了挑眉毛，“你知道我说的是什么意思么？”

“从量子力学到经典力学，我倒退了两个多世纪。”

“猜对了！不过我觉得啊，所有的科学把妹法，都是直男癌的意淫。”夏侯小欧说这句话的时候，眼神水润，十分动人，难以置信，她居然把这么一句粗鄙之语都说得如此优雅，“所以，这些方法，你都用过？”

“有所耳闻，但未尝实践，你呢，不会被人用科学把妹法实践过吧。”

“我还真被巴甫洛夫把妹法把过！”夏侯小欧愤愤不平地说，“照我说啊，把我的那家伙才是条只会条件反射的单身狗！”

我点了点头，表示理解夏侯小欧的气恼，因为所谓的巴甫洛夫把妹法确实有埋汰女性的嫌疑。巴甫洛夫把妹法借鉴了生物学家巴甫洛夫的“条件反射试验”，其具体操作是男生每天在姑娘的抽屉里放上精心准备的早餐，并对此保持缄默，无论她问什么，都不回答。这样坚持一到两个月，当姑娘对每天的早餐习以为常，换言之就是当她对每天的早餐形成条件反射的时候，男生突然停止送餐，姑娘心中一定会产生深深的疑惑和失落，当她问男生为什么不给她送早餐的时候，这时男生再一鼓作气将她拿下。

“我猜他肯定没给你送早餐。”我摸着下巴上的胡茬，“肯定是送了别的什么稀奇古怪。”

“你还真猜对了。”夏侯小欧撇了撇嘴，“这家伙，居然每天在我的抽屉里塞人民币，每天塞五毛钱！”

“那你觉得，我是直男癌吗？”我靠在椅子上，装作漫不经心地问。

“你要听真话？”

“假话也成。”

“那好吧。”夏侯小欧说，“一个好消息，一个坏消息，你要先听哪个？”

“那就按照套路来吧——”我耸耸肩，”先听坏消息。”

“靠，按照套路，难道不是应该先听好消息吗？”夏侯小欧嘟起了嘴，“好消息是，你不是直男癌。”

“也可能是直女癌。”

“你这么自黑，我就没法继续往下说啦！”夏侯小欧用拳头轻轻捶了一下桌子，“坏消息是，我觉得你可能压根就不是直男。”我微微一笑，张开拇指和食指，扣住中指、无名指和小指，对着夏侯小欧比出手枪的手势：“砰！你知道得太多啦！”

Apple Watch显示，夏侯小欧对我的好感度正在直线上升。这是PUA刺客的“评价功能”，通过分析对方的语音内容和语音语调，来评估对方对本人的好感。当我点了那杯冰美式之后，夏侯小欧对我的好感度就一下子从5.6蹿升到了15.6，而当我们天马行空地聊了一阵之后，夏侯小欧对我的好感度上升到了35.7，超过分值为30的邀约门槛，而系统则建议我可以邀约。

根据把妹法则，搭讪的目的，就是为了把姑娘给约出去。随着聊天时间的延长，聊天对于提升好感的边际效益会逐渐递减，而姑娘对于邀约的兴趣则会在聊天的过程中产生一个峰值，并随着聊天时间的延续逐渐降低，因此我必须把握住这个峰值。“我的朋友，他放我鸽子了……”我盯着屏幕，装出一副愤懑的模样，“你说我怎么会和这种人交朋友？”

“是你遇人不淑，能怪谁？”夏侯小欧说道，突然拿起手机，忧心忡忡起来，“对了，我的朋友一直没回我消息，他不会也放我鸽子了吧！”

我抬腕看了一眼表，现在是四点三刻，距离饭点还有一个多小时。“被鸽就被鸽了吧。”耳边传来柔和的女声，这是PUA刺客为我定制的应答方案，“咱们也没必要僵在原地嘛。”我调出一个邪魅狂狷的笑容，一个“被”字正要说出口，夏侯小欧突然站起身，坚定地说：

“不等啦，我们找个地方吃点东西吧。”

我愣在当口，脑筋一时间转不过弯，而对这突如其来的转折，PUA刺客的算力居然一时半会儿没有跟上，就在我耳边不断地重复着那句“被鸽就被鸽了吧”。“被……鸽……就……就……被……”我茫然地重复着PUA刺客要我说的话，直到夏侯小欧伸出手，在我面前挥了一挥：

“什么鸽不鸽的？我问你，要不要去吃饭？”

我们坐在一家装潢古朴的浙菜馆，手机屏幕上，PUA刺客为我罗列出一行菜单。这是PUA刺客根据夏侯小欧的饮食习惯制定的最佳点餐方案，而这家浙菜馆，自然也是PUA刺客为夏侯小欧量身定制的选项。

两个冷菜，四个热菜，一个汤，一份点心，一个水果拼盘，对于两个人来说，这实在是太多了。而更奇怪的是，PUA刺客居然还建议我加一大碗米饭，当这碗五人份的米饭端上桌的时候，夏侯小欧的脸上露出忍俊不禁的笑容。我原本以为夏侯小欧是传说中身材娇小的大胃王，然而她却表现得饭量很小，每个菜都如蜻蜓点水般地吃一小口，于是，两个小时后，桌上的食物，仍旧是满满当当一大桌。

这不科学。我拿起手机，远程命令系统自检，一切正常。PUA刺客再度推荐菜单，换了一批菜品，但仍旧是两个凉菜，四个热菜，一汤一点心一水果拼盘，以及一大碗米饭。

我抬起头，夏侯小欧正矜持地拿餐巾擦嘴。我的余光瞥向满桌的饭菜，心头疑窦丛生。莫非夏侯小欧平时外出吃饭，就习惯于点那么一大桌子菜，以剩菜剩饭来显示自己生活豪奢？就算是这样，那也不必每次都点一大碗米饭啊，毕竟那才只要几块钱。我怀疑是PUA刺客的点菜程序出了Bug，不过也有可能是夏侯小欧在假装矜持：在她心仪的人面前，夏侯小欧收敛了大胃王的本性，装成了窈窕淑女的模样。

PUA刺客提示，该转换场合了。手机上显示出两个选项，一个是去电影院看电影，另一个是去酒吧喝酒。相对于前者，后者有高达53.2%的概率可以直接把夏侯小欧带回自己家，然而风险是我有27.5%的可能在夏侯小欧喝醉之前就彻底喝到断片。

我叫来服务员买单，一边付账一边思考，此时夏侯小欧对我的好感度已达到42.6，这样的提升速度证明夏侯小欧已经是囊中之物，而我仍旧不确定自己应该稳扎稳打还是乘胜追击。我收起钱包，正为幸福的选择而犹豫不决的时候，夏侯小欧突然站了起来：

“那个，不好意思。我的朋友来了，就在饭店门口等我呢。”

欧阳大可。

这是一个相当肥硕的男人，被一身名牌西装给紧紧地包裹。

现在，他坐在餐馆门口的那辆敞篷跑车里，笑容油腻地朝夏侯小欧挥手。

夏侯小欧冲他点了点头，满面春风地上车，又和欧阳大可嘴对嘴亲了一下，接着，跑车引擎呼啸，扬长而去。

我站在门口，冷冷的风在脸上胡乱地拍。

所以这两个人究竟是什么关系？

在这个欧阳大可面前，我的PUA刺客居然失效了？

自从我使用PUA刺客，我总共搞定了36个姑娘，无往不利。效率最低的，拍拖了一周才上三垒，最快的，搭讪3小时上床，而在使用PUA刺客之前，我的PUA之路屡战屡败，25岁仍是处男。我咨询过身边专业的PUA人士，他的结论是，我长得不丑，声音也不难听，也不是见到生人就紧张到说不出话的那种内向型人格，因此根本问题在于我不会和女生聊天；因此，我研发出PUA刺客，从此再也不用担心和女生找不到话聊，从搭讪，到聊天，再到开房，所有的操作丝般顺滑，水到渠成。

要么是PUA刺客还不够完善，要么是这个夏侯小欧异于常人，而无论出于什么原因，刚才所发生的不过是一次失败了的PUA而已，算不上什么大事，而今晚我大可以再找一个姑娘和我上床。我站在餐馆门口，寻思着该去哪个酒吧，然而鬼使神差地，我居然命令PUA刺客搜索夏侯小欧的定位信息。我看见定位的光标正在飞速跳动，两分钟后，光标定格在了两公里外的“萌萌酒吧”，正是我常去的一家酒吧。我扬手招了一辆出租车，十分钟后，车到目的地，我踏进酒吧大门，没走几步，夏侯小欧和欧阳大可便映入眼帘，他们坐在酒吧的一个角落，推杯换盏，交谈甚欢。

我兜了一个圈子，坐到了他们的斜后方，夏侯小欧的脑袋和一大半身子被欧阳大可的身体所遮蔽，而我能看见的就只剩下欧阳大可魁梧的侧面，隐隐约约看见唾沫星子从那双不断翻飞的双唇里喷涌而出。

酒吧的舞台上，一支不知名的摇滚乐队正在进行着味如嚼蜡的演出，吉他手用歇斯底里般的扫弦刷着自己微不足道的存在感，在喧哗的音乐声中，欧阳大可的嘴唇向夏侯小欧越贴越近。从我的视角来看，欧阳大可的脑袋几乎完全和夏侯小欧的脑袋重合在了一起，毋庸置疑，欧阳大可借着酒吧吵闹不得不凑近说话之便，借机亲吻了夏侯小欧。

这是一段漫长的接吻，欧阳大可的脑袋长时间定格在那个位置，迟迟没有回到原位。我将杯中的威士忌一饮而尽，感觉火辣辣的酒精蹿上了我的睫毛，眼睛仿佛燃起了丛丛火焰，追索着眼前这一幕香艳的场面。足足过了10分钟，他们丝毫没有中场暂停的意思，两副嘴唇之间像是被涂上了502胶水，用力拉扯却始终无法分开。我喝干了最后一滴酒，接着用PUA刺客搜索到欧阳大可的电话号码，然后用我的备用机给欧阳大可打了电话。

欧阳大可终于摆正了身子，顺手拿过放在桌边的手机，接着，霍然站起，朝酒吧门口走去，步履匆匆。我的目光追随着欧阳大可渐行渐远的背影，直到他消失于舞台的另一侧，又过了半分钟，酒吧门口传来了跑车引擎的轰鸣声。我向服务员要了一杯长岛冰茶，向夏侯小欧径直走去，大剌剌地坐在了她的对面。“刚才那个男人是谁？”我单刀直入地问道。夏侯小欧歪着头看着我，却并没有显示出很吃惊的样子：“他啊，包养我的老板，过去的老同学，有问题吗？”

“那他刚才干吗走掉了？”

“老婆找他了呗，有问题吗？”

有问题。

首先，电话明明是我打的，怎么可能是他老婆打的？

其次，我无法通过PUA刺客找到任何欧阳大可包养夏侯小欧的信息，因此可能性只有两个：

第一，两人保密工作做到了极致，所有事关包养的互动记录都被人为清空。

第二，两人的包养关系子虚乌有，完全是夏侯小欧在忽悠我。

我目不转睛地盯着夏侯小欧，根据心理学理论，直视对方能给对方制造心理压力，使得说谎者在不经意间露出破绽。然而就当我的目光定格在夏侯小欧的脸庞，夏侯小欧的嘴唇突然贴了上来，温暖而濡湿。

什么情况？！

我的大脑一片空白，然而嘴唇却自动迎合着夏侯小欧，双手则不自禁地环上了夏侯小欧的腰。“我才不喜欢那个丑八怪呢。”夏侯小欧的嘴唇移向我的耳垂，“那家伙，又胖，又臭，又脏。”

“我也不喜欢那个丑八怪……”我嗫嚅着，呼吸逐渐变得粗重起来。

“他要跟我睡，我就去找别人睡。”夏侯小欧亲吻着我的脖子，就在这一刹那，我可以确认，她的吻技远远超过我之前经历过的所有女孩。PUA刺客就在这时候开始报警，我的耳边传来蜂鸣，短促，频率很高，提示好感度已经满级，可以发出开房邀约——

就在我和夏侯小欧亲吻的时候，PUA刺客抓取了我们亲吻发出的声响，并计算得出夏侯小欧对我的实时好感度，几乎是一瞬间，夏侯小欧对我的好感度从42.6骤然提升至98，几乎满级。

“去hotel吧。”夏侯小欧喘息着说。

“听……听你的。”我喘息着回答，搂着夏侯小欧的腰缓缓站起。

我们打了一辆出租车，到达2000多米外的一家快捷酒店，订了一间大床房。刷卡，开门，一进屋，我就如饿虎般扑向夏侯小欧，却被夏侯小欧一把推开：“把裤子脱掉，我要检查一下，你到底够不够资格。”我愣了一愣，接着就大方地解开皮带，裤子一脱到底，夏侯小欧一闪身坐到床沿，托着下巴，细细端详：

“唔，凑合着能用。”

“你确定是凑合？”我双手叉腰，走向夏侯小欧，步伐庄重。这已经不是一次简单的PUA，而是一场我要为自己正名的战役。就在这时，门外传来敲门声，夏侯小欧突然反手拧转门把手，下一瞬间，门霍然开启，一个提着马甲袋的胖子施施然走了进来——

欧阳大可。

“你好呀，PUA刺客。”

欧阳大可的笑容仍旧是那么油腻，而这一次，他甚至带有点谄媚：

“给你带了外卖，啤酒炸鸡，我知道你喜欢吃。”

我提起裤子，手忙脚乱地扣着皮带，夏侯小欧和欧阳大可坐在床沿，施施然吃着炸鸡喝着啤酒。

“你进来干吗？”我怒道，“姓欧阳的，你给我滚出去！”

“小欧给了我房间号，我就来了呀。”欧阳大可微笑着说，脸上的肥肉缩成一团，“开门见山地说吧，我们从你的PUA刺客那里得到了启发，做了一套模仿PUA刺客的系统，我们把它命名为PUA杀手，在你身上实践了一次，效果拔群。”

“我不知道什么PUA，也不知道什么刺客、杀手的。”我指向欧阳大可，咬牙切齿地说，“所以你和小欧到底是什么关系？”

“你大概以为，你用PUA刺客撩妹这事儿做得天衣无缝。”欧阳大可说，“但是很抱歉，早在半年前，你的所作所为，就已经引起了我们的注意。”

“我们是一家网络安全公司的技术负责人。”夏侯小欧说，“我们在做网络安全维护的过程中识别出了你的黑客行为，而你通过爬虫程序爬取姑娘社交网络活动记录的行为令我们十分费解。”欧阳大可拿出一块炸鸡递给我：“刺客同学，吃吧，孜然肉酱味，你的最爱。”

我接过炸鸡，咬了一大口，真香。孜然肉酱味是我最喜欢的炸鸡口味，那么问题来了，欧阳大可是怎么知道的？没等我发问，欧阳大可继续他滔滔不绝的讲述：“我们按图索骥搜索到了你的服务器，用了三天三夜黑进了服务器的第一层防火墙，直到这时我们才明白了你的真实目的：你居然在用大数据和人工智能来泡妞！”欧阳大可冲我竖起了大拇指，“你干得不错，至今睡了36个姑娘，照这个速度，很快就要百人斩了。”

“我们试着获取PUA刺客的源代码，但是办不到。”夏侯小欧跷起了二郎腿，“你的第二层加密算法对我们来说简直是地狱级的破译难度，我们花了一个月的时间都没攻破，算你狠。”

“所以你们就山寨了一套PUA刺客？”我捏着鸡骨，擦了擦嘴，“然后还把它命名为PUA杀手？”

“没错。虽然我们得不到PUA刺客的源代码，但对于PUA刺客的整体框架，我们还是有了基本的把握。”夏侯小欧说，“第一步，数据搜索；第二步，爬取数据；第三步，建立系统；第四步，实现反馈。”

“在大框架上，PUA杀手与PUA刺客并没有太大的区别，但是具体到逻辑架构和程序代码，两者则截然不同。”欧阳大可说，“为了测试产品，我们的研发团队几乎倾巢出动，上街搭讪，成功率还不错，一个月内，上床的概率超过半数。”

“但和我的PUA刺客接近百分百的上床率相比，还是差了不少吧。”我冷笑道，“所以，你们先是盗取代码失败，然后又做了一个山寨版的PUA刺客，一个和正版PUA刺客差十万八千里的PUA杀手。”我的视线掠过夏侯小欧的眉梢，“那么，夏侯同学，你和我之间，恐怕就不是偶遇了吧。”

“那当然。”夏侯小欧的嘴角勾起一抹鬼魅的微笑，“你，吴厘，是我们产品的终极测试对象。”

“终——极——测——试——对——象？”

“小欧一进咖啡店，给你一个眼神，你一下子就上钩了。看上去是你搭讪小欧，其实是小欧撩的你。你全程和小欧聊得很high，但你搜索到的社交数据，其实是我的。”欧阳大可的脸上又露出了贱兮兮的笑容，“你把小欧的照片输入PUA刺客，PUA刺客搜索到的确实是小欧的社交账号，然而我们为你的爬虫量身定制了一个定向程序——当你的爬虫开始爬取数据的时候，定向到的却是我的社交网络。”

“所以我爬取到的所有数据都是你的？这么说的话，PUA刺客提交给我的应答方案，也全都是针对你的？”我感到一阵眩晕，刚刚咽下去的炸鸡在喉咙深处泛起汹涌的恶心感，“所以，从头到尾，我都是在跟一个男人对话？”

“如假包换呢，亲。”欧阳大可微笑着说，“你现在就可以查一下，你通过爬虫搜索到的微博、知乎和豆瓣的社交网络活动记录到底是谁的。”我抄起手机，飞快地打开信息检索窗口，窗口罗列出了夏侯小欧的微博、知乎和豆瓣ID，然而当我点击具体条目查看详细内容，就能明显地看到，这一切完全出自于一个叫作“欧阳大可”的男人之手。

“你只要花两秒钟就能识破这个骗局，但是由于你太过信任你的PUA刺客，所以你就不会去查看你搜索到的具体信息到底是什么。于是，PUA刺客搜索的是小欧，但是最终爬取的却是我的信息，而为了不让你识破这一切，我和小欧事先清空了我们在社交网络上的所有互动记录。你的PUA刺客非常忠实地执行了你的命令，全面分析了我的社交网络活动记录，然后制定出基于我欧阳大可的‘预测模型’，而你对这一切都一无所知。于是，你以为你是在撩小欧，然而事实上你却是在撩我，所幸坐在你对面的是小欧而不是我。”欧阳大可说着，流露出不胜娇羞的微笑，“如果是我的话，恐怕还真会被你撩到呢。”

“这不可能……”我感到周围的世界和我的三观在一起崩塌，“我……我不可能撩着一个男人，却没有任何察觉……”

“但这还不是重点呢，亲。重点是，当你在用

PUA刺客PUA我的时候，我也在用PUA杀手PUA你。所以我们会知道你常去‘萌萌酒吧’，知道你喜欢吃孜然肉酱味的炸鸡，当你自以为对小欧了如指掌的时候，我们其实早已把你的底摸得一干二净。你对小欧说的话，是PUA刺客通过分析我的社交网络活动记录得出的，而小欧对你说的话，是PUA杀手通过分析你的社交网络活动记录得出的，所以，你和小欧的约会，根本就是PUA刺客和PUA杀手之间的对决。这就是为什么小欧离你而去的时候你会怅然若失，甚至恋恋不舍地搜索她的定位然后还去找她，归根结底，这都是因为我们通过PUA刺客成功捕获了你的心，而你的所有想法和行动，全都被PUA杀手成功预测。”

“恶作剧到这种程度，你们简直是魔鬼。”我站起身，歇斯底里般冲向房门，“我没工夫和你们玩这种扯淡的游戏，告辞！”

“PUA刺客，很高兴认识你。”欧阳大可堵在门口，一把抓住了我的手，“毫无疑问，这是一次成功的约会。”

当欧阳大可一双油腻的手掌紧紧裹住我右手的时候，我彻底撑不住了。强烈的恶心感从腹部深处升腾上来，我“哇”的一声吐了一地。欧阳大可体恤地拍着我的肩膀，隔着T恤，我清晰地感受到他宽阔的手掌带给我的温度，而他温柔的拍击简直有催吐的奇效——

我一吐再吐，吐得一泻千里，抬起头，口角粘连着浑浊的黏液。

“这次约会证明了两件事情：第一，PUA系统撩人不分性别，女人身男人心，照撩不误；第二，PUA系统之间能够互撩，比如这次PUA刺客和PUA杀手之间的对决，不仅没有被你识破，而且还使你萌生了心动的感觉。”欧阳大可说，“在本次测试中，两款PUA系统同时战胜了性别错位和AI互撩两大挑战，这是一次终极测试，测试成功。”

“所以你们到底是为了什么？”我抬起头，喘息着，绝望地看向欧阳大可，“你们搞这么一出，就是为了把我当猴耍么？”

“PUA杀手APP将会面向公众销售，但在此之前，我们需要测试PUA杀手的功能和稳定性，令人振奋的是，无论是你的PUA刺客还是我们的PUA杀手，都成功通过了测试。”夏侯小欧向我伸出了手，

“PUA杀手团队，很荣幸与您合作。”

我动作呆滞地握住夏侯小欧的手，过了半晌才问道：“合作……怎么合作？什么合作？合作什么？”

“我需要得到PUA刺客的源代码，以提高我们的应用性能，PUA刺客和PUA杀手强强联手，将在PUA的市场上无坚不摧。”欧阳大可话音刚落，夏侯小欧接过话头：“相信我们，PUA绝对有巨大的市场空间，而我们团队能打通各方面的市场渠道。销售所得利润平分，系统的维护和迭代由我们一起进行。在正式合作之前，我们会与您签订合约，您不必担心我们会使用您的源代码而不给您应得的报酬。”

我身体发热，脑袋发蒙，我万万没有想到，自己为了泡妞而设计的APP，有朝一日居然还能卖钱。在吃了这么多苦头以后，我最终放弃了抗争，转而向金钱妥协：

“成交。”

888元一套，可试用三天，一周后，“PUA刺杀”正式上线。短短十天，“PUA刺杀”APP就卖出了1200份，一个月内，售卖量突破一万份。我们在每一个售卖的程序里都藏匿了一个后门，通过获取使用者的活动数据来更高效地维护系统，令人意外的是，“PUA刺杀”程序上线后，双方都用“PUA刺杀”互撩的案例居然屡见不鲜。半年后，那些活跃在各个交友APP和交友网站的男男女女几乎全都安装了“PUA刺杀”，而“PUA刺杀”互撩的情况也就愈发频繁，他们沉溺于撩人和被撩的快感之中，殊不知他们都只是被提线的木偶，而木偶背后，则是两个人工智能之间的左右互搏。

虽然“PUA刺杀”在PUA界风生水起，但我自己再也没有用过“PUA刺杀”，这倒不是因为欧阳大可带给我的心理阴影，而是我担心自己PUA的对象同时也在PUA我自己，而这让我感到疯狂而荒诞。相反，靠着“PUA刺杀”而暴富的欧阳大可倒是沉迷于“PUA刺杀”之中，不过我觉得以欧阳大可的颜值，他之所以能泡到妞，倒并不是“PUA刺杀”的功劳，而仅仅是因为他有钱而已。

一天午后，我来到距离我家最近的咖啡馆，点了一杯冰美式，就是在那里，我遇到了夏侯小欧，也是从那天开始，我开始喜欢上冰美式的口感。“低因去

水，天蝎座人士的选择。”我身边不知何时站着一名长发披肩面容姣好的姑娘，微笑着对我说，

“然而，你是双鱼座。”

我愣了一愣，看向姑娘，姑娘表情妩媚，瞪大了水汪汪的眼睛。我抬起手腕，看向Apple Watch，屏幕上显示，她正在使用“PUA刺杀”，此刻，我的个人信息被她一览无余。我当然可以婉拒这位姑娘的搭讪，但是这就意味着“PUA刺杀”的失灵，而任何一次失灵都可能产生一次糟糕的差评，于是我装出惊慌失措的模样，手一抖，小票从指间掉了出来：

“你是谁？”

“双鱼座不会这么问。”姑娘弯腰，捡起我的小票：

“我反悔了，我觉得，你应该是金牛座吧。”

灵魂车间

灵魂写手从不解决问题，也解决不了问题。或者说，

灵魂写手能解决的问题，其实都不是问题。

“这书，十分。”

大紫轻拂封面：“《你是更温暖的自己因为总有那么一个人站在十字路口等着被世界深爱》，嗯，书名九分。”

“你的书里，有温暖，有深爱，有十字路口，包罗万象。”大紫蹙眉，“身为灵魂写手，这就是你失败的原因。”

我叫吴厘，U大本科大三，是一名灵魂写手，小有所成。灵魂写手，顾名思义，我们为灵魂写作，灵魂，是我们的衣食父母。

首先，要找到灵魂元素，其尺寸可大可小。梦想、青春、自由、爱、迷茫、坚强、悲伤等，尺寸较大；孤独、坚定、承诺、治愈、明天等，尺寸次之；

纯洁、天真、颠沛流离、午后的房间、她只是个孩子、热泪盈眶、不再消沉……这些尺寸最小。

灵魂写手将灵魂元素合成为灵魂宝钻。譬如，我从大、中、小元素中各挑两枚：青春、迷茫、孤独、明天、颠沛流离、最好的自己，合成如下——

谁的青春，不曾迷茫；你的孤独，虽败犹荣。要知道，这世界缺你不可，所以，要永远热泪盈眶，总有人陪你颠沛流离，去度过没有到不了的明天。

一颗优秀的灵魂宝钻，有如水滴。水滴的尖部，戳中心底最柔软的地方，让灵魂酥麻、震颤；接着，再以液体形态将灵魂包裹，滋润灵魂，抚平创伤，达到生命的大和谐。

灵魂写手设计故事，我们将故事称为灵魂沙盒；一个故事被分为几个桥段，我们称为灵魂碎片。完整的灵魂沙盒，由若干灵魂碎片拼接而成，灵魂写作发展至今，几乎所有灵魂碎片都已被反复使用。比如说关乎自由和远方的故事，出场人物总共也就27种可能：学业深重的学生，浪迹天涯的歌者，压力山大的白领……27种人物，27枚灵魂碎片，只要从中任选一枚，就确定了人物。

接下来要确定这个“远方”究竟在哪儿。国内，无非西藏、新疆、云南……总共12枚碎片；去远方，或许一次冒险，或许一场艳遇。若是艳遇，可能发生在酒吧、民宿、民谣现场，根据艳遇的不同打开方式，又有51枚碎片……不同排列组合，得以生成成千上万只灵魂沙盒。

灵魂宝钻与灵魂沙盒组合成灵魂篇章，若干灵魂篇章集结，著成灵魂之书。灵魂之书有诸多别名，比如睡前故事书、暖心故事集；而灵魂写手，也被称为暖男作家、治愈系作家、正能量小说家……

大紫手中，是我写的灵魂之书。我问大紫：“我的书，你真读过？”

“嗯。”

“骗我。”

“你的书里，温暖出现了12次，深爱出现了16次，十字路口出现了28次。”大紫微笑着说，“你的真爱粉，在这里。”

我打开电子原稿，用word查找关键词，数量确实如此。“我最忠实的读者，居然是个码农，”我摇摇头，“真是造化弄人。”

“谁叫你是唯一活着的作家——”大紫摊手，“我认识的。”

大紫，本名陈紫，男，U大计算机系大三。大一的时候，他就拿到了微软的实习offer，无可置疑，他是U大最好的程序员。他戴黑框镜，穿绿衬衫，腰缠CK皮带，脚蹬布洛克雕花白皮鞋，十指修长，皎洁细腻，成千上万行代码，就自这双手汩汩而出。

“你说包罗万象，”我凝视镜片背后的美瞳，“哪里错了？”

大紫问：“你的书，卖得好吗？”

我哑口无言。灵魂写手曾经意气风发，那时灵魂之书在书店汗牛充栋，随便哪本都有数万销量；然而时过境迁，灵魂之书销量与日下滑，我的新书，销售情况前所未有的惨淡。

“有关系吗？”我冷笑道。

大紫眯起眼睛：“灵魂写手，该转型了。”

“转型？”

“灵魂写手的使命在于安抚灵魂，然而每个人需要的安抚都不相同。有的是因为失恋，有的是因为压力大，有的是因为马桶堵了……当需求五花八门的人们翻开灵魂之书，你猜发生了什么？”

大紫翻开书的目录，手指扫过前四行——

Ⅰ你是更温暖的自己

Ⅱ因为总有那么一个人

Ⅲ站在十字路口

Ⅳ等着被世界深爱

“第一个故事，鼓励追求理想；第二个，叙述兄弟情深；第三个，说的是人生抉择；第四个，讲的是少女失恋。好，现在，一个刚被甩的姑娘翻开你的书——看到第一篇，鼓励自己奋斗，哦，没兴趣；看到第二篇，咦，兄弟情深，好腐呢；翻开第三篇，人生抉择？工作还是读研？什么鬼，老娘才初二，切，垃圾作者。”

大紫把书扔向我，我慌忙接住。“我不是针对你，”大紫中指摇晃，“我是说你们这些灵魂写手，都是垃圾。”

我面色铁青，嘴唇发抖。大紫双手握拳，变得严肃："过去，一本灵魂之书，有两三篇能合口味，读者就能心满意足；但现在，读者早已身经百战，这样的灵魂之书，只会被时代无情淘汰！如何才能做到精准定位，每一篇、每一句、每一字，都完美匹配每一位读者的需求？"

如醍醐灌顶，当头棒喝。我沉吟半晌，蹦出几个字："私——人——定——制？"

大紫点头："就叫它'私人暖心故事'吧。"

私人暖心故事——

我们都一样，年轻又彷徨。相逢在破碎的时光，但愿我的故事，能为你带来微妙的滋养。微博私信@吴厘欧巴，说出你的困扰和忧伤，@吴厘欧巴会带来写一篇故事，不为世界，只为你。

——你的小伙伴，吴厘欧巴

我将启事置顶，@了几名灵魂写作圈的一线作者拜托转发。当天，我收到几十封私信，第一封来自一位少年——

少年：我希望改变。

我：能具体一点吗？

少年：我挂掉32个学分了。

我：天呐。

少年：但我仍旧熬夜打DOTA。

我：为什么会这样？

少年：我也不知道……

我：请耐下心。给你的故事，马上就好。

“他要的是励志型灵魂篇章。”我说。

“慢着。”

“什么？”

“你翻一下他的微博。”

少年的微博，铺天盖地的DOTA资讯，时不时夹杂灵魂宝钻，晶莹剔透，散发励志之光——

你不要等，要去行动。只有行动，风才回来。

理想，总被埋葬在昨天的懒惰里，共勉。

“嗯，共勉。”我一摊手，“呐，我说对了。”

“不对。”大紫说。他滑动滚轮，点开一张图片，“这是他晒的DOTA游戏时间，三年5328个小时。在这三年里，他转发了上百条励志型灵魂宝钻。”

“你的意思是，励志型灵魂宝钻对他无效？”

“没错。这是一个自控力极差的人，即便已经挂掉32个学分，他依旧打野推塔，不亦乐乎。每一次转发灵魂宝钻都是他自控的表现，但不断地自控失败，已经把他推向了绝望的边缘！”大紫声色俱厉，“所以，励志型灵魂宝钻，并不合适。”

“我们……或许可以提高他的自控力？”

“拜托！”大紫说，“你是灵魂写手唉！你以为我们是人生导师？心理咨询师？原力大法师？”

“那么，难道……”我搓着双手，“难道他就只能接受自己其实是一个24K纯金loser？”

“这就是事实。”大紫说，“所谓成长，就是坦然接受。所以，我们摘取的灵魂元素，不应该是‘奋发’‘努力’之类，相反应是‘随性’‘洒脱’‘淡泊名利’。”大紫脸上，笑容松弛，“接下来的事儿，就交给你啦。”

我点点头，抱起笔记本一阵敲击，灵魂沙盒手到擒来——

小A和小B是大学舍友。小A宿舍教室自习室三点一线，小B追番泡妞打DOTA乐得逍遥。毕业后，小A成为外企精英，每天加班加点；小B一介普通职员，早早下班。时光荏苒，升到部门主管的小A因长时间熬夜加饮食不规律，查出胃癌晚期，而彼时，小B正在医院享受初为人父的体验。造化弄人，两人在医院偶遇，一时间，时空静止，无语凝噎……

故事末尾，嵌入灵魂宝钻：

要始终在生活里，而不是在追逐生活的路上。

我们把文章做成长微博发布，@少年。两小时后，少年分享了文章，同时带上评论：哈哈，去打DOTA啦。我和大紫相视一笑，笑容欣慰——

毕竟，那才是他真正的生活。

我的第二位客户，是一个21岁的姑娘，头像明眸皓齿。她的烦恼来自于和她同龄的男友：他对她漠不关心，一年内，劈腿三次。

姑娘：他为什么这样对我！

我：纠结这个没用。你应该想一下，现在该怎么对他？

姑娘：难道说分手？

我：你确定吗？

姑娘：我……

“再不分手，就是傻帽。”我关掉聊天记录，“好像已经是了。”

“并不傻帽。”大紫说。他打开姑娘相册，漫山遍野都是同一个男人，五官如希腊雕塑，很有逼格。“太帅了，”大紫说，“除了毁容，不管他干什么，都是对的。”

“但还是得分。”我说，“不分，还等着领证？”

大紫闭眼，仿佛老僧入定。五分钟后，他的笔记

本发出叮一声响，右下角窗口一闪而逝——

“有了。”

大紫睁开眼睛。

软件学院，三楼，服务器室。

面前是一台灰头土脸的机器，大紫介绍说，这是IBM的服务器，CPU4颗，内存32GB，性能强劲。

屏幕上显示着一个窗口，灰顶白底，样貌简陋；大紫深吸一口气，按下回车。一堆数据和图表登时覆盖屏幕，令人眼花缭乱，仿佛天书。

“这是社交网络大数据分析程式，我叫它‘灵魂see’。简单来说，通过python爬虫，爬取本市523573名大学生在各个社交平台的数据，按需进行归纳、检索、分析。”大紫抽出一支烟，过滤嘴敲在一条蛇行的曲线上，“在宿舍的时候，我用笔记本向服务器远程发送了姑娘的微博昵称，程式根据账户绑定，检索到姑娘的豆瓣和知乎账号。你在屏幕上看到的，是程式分析姑娘的社交网络数据后得到的统计视图。”

“能看出什么名堂？”

大紫把烟点燃，烟雾升腾，遮盖脸面：

"灵魂see，看穿灵魂。"

"灵魂see"以数据支撑，无懈可击。

通过分析用户在社交网络上的互动行为，"灵魂see"确认全市共有28237对大学生情侣。再对情侣们的互动进行统计，包括主页访问次数、对伴侣评论转发的占比、秀恩爱词汇的出现频率等，灵魂see统计出情侣各自对对方的亲密度数值——平均值在57.3左右，正负误差0.85。而姑娘对渣男的亲密度，居然达到惊人的98.6，而自姑娘认识渣男起，亲密度就一直在攀升——

每隔一周，姑娘对渣男的微博评论在其所有微博评论中的比例平均增长0.29个百分点，从32.3%蹿升到62.5%；姑娘去年的豆瓣文章平均233字提一次渣男，而在本周的豆瓣新作中，渣男的名字仅在第一个不到两百字的段落中就出现11次之多；过去一年，她在知乎上浏览最多的话题是"男朋友"，其次是"恋爱"和"女朋友"，而如今又关注了"婚姻"和"爱情"，本月曾于1天内阅读12小时的答案——31个问题，271235字，总共536条回答。

"灵魂see"绘制出亲密度与时间的函数曲线，这是一条不断递增的曲线，一路上扬。

“这姑娘，是拉不回来了。”大紫双手托腮，“表面上看，姑娘饱受渣男摧残，非常痛苦；然而‘灵魂see’早已看穿一切：姑娘依旧深爱渣男——劝她分手，没有可能。”

“这大概就是所谓的，喜欢一个人，会卑微到尘埃里……”

“那就劝她开出花来咯。”

“什么？”我霍然站起，“就算是袖手旁观，也不能落井下石！”

“所以，你的意思是？”

“长痛不如短痛——劝分！”

“当局者迷！”大紫抱胸，眼睁一线，“愚不可及，却自诩业界良心！”

“说人话！”

“灵魂写手从不解决问题，也解决不了问题。或者说，灵魂写手能解决的问题，其实都不是问题。”大紫扶正眼镜，镜片反射出惨白折光，“懒惰的人不会读了一篇励志灵魂篇章后就奋发图强，单身狗不会因为某个相濡以沫的故事就能找到真爱。灵魂写手的唯一目标，就是让灵魂舒服，而要让灵魂舒服，你就得看穿灵魂的本质，然后顺从灵魂的意愿——这就是灵魂see存在的原因。”

“放屁。”我说，“你一个人放就算了，还拉着我跟你一起放。”

“那也是放着追随灵魂的屁。”

“你……”我身子一颤，摔入座位，瑟瑟发抖。

“不忘初心，方得始终。”大紫拍拍我的肩膀，“走，去放吧。”

S先生和M小姐一见钟情，彼此认定对方是真命天子。热恋甜蜜而短暂，随着相处时间变长，问题相继浮现——S先生幼稚、任性，不体贴人，无理取闹……

所有人都劝M小姐分手，但M小姐不理会，在一起的大学四年，委屈和甜蜜相伴相生。毕业后的S先生经历职场历练，从幼稚逐渐走向成熟，最终，两人功成圆满。

婚后，S先生问M小姐，你怎么能容忍我那时候的种种不好。

M小姐说，是每一次见面时你的笑容。你的笑容告诉我，这个男人，值得等。

灵魂沙盒，一蹴而就。而灵魂宝钻，现成就有——

> 成长最大的悲剧莫过于同龄的女孩永远比男孩成熟，你可以慢慢包容等待，男人总会有成熟的那天。
>
> ——九把剑

姑娘是哭着把文章看完的。

“感谢你，让我受伤的心灵，得到最温柔的抚慰。”姑娘说。她把我们的文章以长微博的形式发布，一时间，八方来赞。

私信源源不断，供不应求；我连轴转地写，疲于奔命。那天，大紫突然问我：“你数数，写了几篇了？”

“1、2……22篇？”

“够了。”

“什么？”

大紫没说话，径直出门。

服务器的屏幕上跳出一个窗口，顶端几个大字：灵魂Maker。

"灵魂……制造者？"

"这是自动写作程序。"大紫诡谲一笑，"它能自动创作灵魂篇章。"

"什么？"我瞪大眼睛，"电脑也能写作？"

大紫点头："2008年，由电脑程序创作的小说《真爱》在俄罗斯圣彼得堡出版；2013年，诗人Montfort用165行python代码实现计算机写作，作品由哈佛书店出版社印刷成书。"

我点击窗口，毫无反应。"还没完工呢。"大紫说，"剩下最后一步，深度学习。"

"深度学习？这是什么？"

大紫没理我，兀自敲打键盘，屏幕上跳出一个txt模样的界面，正中是一根蓝色进度条；进度条快速推进，5秒钟后，屏幕上跳出一行句子：

总有人想陪你颠沛流离，但你却总是一如既往；

总有人想陪你看星辰大海，但你却总是拒绝。

“这是‘灵魂maker’造的句子，”大紫问，“怎么样？”

“一如既往用得莫名其妙，呃，改成一意孤行吧；拒绝也不好，节奏感不对……欲拒还迎怎么样？”

“你自己动手改。单击界面，输入就行。”

“总有人想陪你颠沛流离，但你却总是一意孤行；总有人想陪你看星辰大海，但你却总是欲拒还迎。”我默读着修改过的句子，十分满意：“这就是深度学习？”

“没错。所谓深度学习，即模仿人脑的机制来解释数据，并模拟人脑进行分析学习——你的每一次更改，程序都会记忆，并伴随学习和模仿，随着次数增加，它就会逐渐写得和你一模一样；你根据‘灵魂see’的数据创作的22篇文章，是它深度学习的背景模板，假以时日，它就能自动写出灵魂篇章。”

我点点头，半懂不懂。三个月后，“灵魂Maker”写出这样的句子：

你以为爱是亘古不移的石头，却没见时光怎么把石头磨碎，当你知道该握紧之时，掌心却只剩汩汩的沙。

我凝视着这句话，一刀未剪。

靠，还真是一模一样啊。

“灵魂Maker”的结构并不复杂。

第一步，采集。将数据库里存储的海量灵魂篇章分析、拆解，得到数以千万计的灵魂元素和灵魂碎片，将其分类、编码，比如：

库（远方&自由）

灵魂元素：α1（远方）、β2（自由）、Δ（梦想）……

灵魂匣：

人物（27）：A1(大学生)、A2（歌者）、A3（白领）……

远方（12）：B1(丽江)、B2（大理）、B3（西藏）……

事件（5）：C（艳遇）、D（冒险）……

分支——C（51）：C-a-1（酒吧），C-b-2（民宿），C-c-3（摇滚现场）……

分支——D……

分支——……

第二步，合成。抽取数据库的素材，根据编号，自动进行排列组合。抽取α1、β2、Δ3，合成灵魂宝钻“自由和远方，是我的梦想”；换一个顺序，β2、Δ3、α1，即合成为“当自由成为梦想，那么灵魂就向往远方。”灵魂沙盒异曲同工，A1、B1、C、C-a-1，或者A3、B2、C、C-c-2……每一种组合，都能组合成全新的灵魂沙盒。

第三步，组装。调用算法，将灵魂宝钻嵌入灵魂沙盒，组装成灵魂篇章。

“灵魂see”与“灵魂Maker”实现互联。用户请求与“灵魂see”的数据一并输入“灵魂Maker”，“灵魂Maker”针对性制作灵魂篇章。比如某用户表示自己很想去旅行，“灵魂Maker”就能根据数据库内的编码，筛选出相应的灵魂元素和灵魂碎片。

我们为每一位私信我的朋友写作，这是最好的口碑。我的名气与日俱增，每天接受私信数百封，而意外就在此时悄然降临——

那位爱得死去活来的姑娘，真的奔赴了诗和远方。

三更半夜，姑娘抱着把吉他，离家出走，身上分文不名。出门前在便签纸上留言：深情负尽长遗怨。一把吉他，一曲离人，天涯流落。

万万没想到，姑娘刚出小区大门，就被几个流氓一路尾随。当姑娘走到对街的弄堂口，流氓扑上去就要奸淫，所幸遇到联防队英雄救美，被发现的时候，姑娘已经吓得昏迷不醒，双目翻白，呢喃着男友的名字——她怀上了渣男的孩子，而渣男在得知消息后，毅然上了别人的床。

有人将姑娘的经历上传到微博，不小心被大V“我的现任是极品”转发，一时满城风雨。渣男被曝光，网友议论纵横：

> 好看的男人果然靠不住啊！
>
> 果断分！！
>
> 卧槽，长这么帅！？我选择死亡！
>
> ……

我写给姑娘的灵魂篇章被网友扒皮，他们认为，是我不负责任的言论导致姑娘越陷越深，最终酿成惨剧——

鸡汤里都是骗人的。

万万没想到，她是拿吉他喝的汤！

人肉这个傻帽！老子打断那个吴厘欧巴的腿！

……

“这事儿，怨我。”大紫耷拉着眉头，“当时‘灵魂see’探查出姑娘的冲动系数高于中位数80.2个百分点，但并没有引起我的重视。”大紫点开微博，渣男的照片赫然在目，“他的渣滓，超出我想象。”

“或许，我们应该再给姑娘写点什么？”我说，“是劝她复合，将这次事故视作真爱的磨难；还是劝她早点断舍离？”

“都没用。”大紫说，“姑娘被渣男坑这么惨，你劝复合，不怕被抽？除非是另一种情况，渣男求复合，那么姑娘倒可以考虑。至于劝分？倒是没错，但这不等于自己打自己脸嘛。”

“不劝和，又不劝分。”我有点无语，”难不成给渣男写点什么？”

大紫一愣，忽然笑了："你，说对了。"

我们将完成一篇灵魂篇章，声明为渣男所作；表面上看，文章的阅读对象是渣男，然而成千上万的网友才是受众。渣男不会看我们的文章，而网友众目睽睽。一切都是在网友面前的精心表演，要让每一句话都是在对渣男诉说，但字字句句却戳中网友心坎——痴情无罪，罪在无情；过错不在姑娘，更不在我们；这锅，还得由渣男去背。

灵魂沙盒套路雷同，但多了一重逆转——

> 一对青梅竹马的恋人，姑娘和少年一般大。小时候，他把知了放她头发上，挨了父亲一耳光，她请他吃棒棒糖；上学后，他和送她情书的男生一言不合就打架，她平生第一次进了教导处；中考后，为了能和他在一起，她放弃市重点，进了普高，高考进了985；长大后，她放弃在大城市工作，在家乡的小镇开了一家花店，她说，她喜欢清晨的阳光，要陪伴那个对的人。
>
> 她包容他所有的任性与幼稚，期待他能变得坚毅而成熟。然而他却一次又一次让她失望。从失望，到绝望，姑娘亲手结束了这段自童年旖旎的爱情。

青梅竹马毕竟感情笃深，少年决心浪子回头，改过自新，寻求复合……

现在，问题来了，姑娘究竟是答应还是不答应呢？

倘若答应，则有灵魂宝钻统领全文：

当恋爱穷途末路——如果还有爱，
就不会覆水难收。

倘若不答应，则有灵魂宝钻补刀如下：

当恋爱穷途末路——试着再去爱，
却已经覆水难收。

根本性的问题在于，对网友而言，他们究竟抱着怎样的态度——他们打心眼里希望看到一个Happy Ending，还是一个劳燕分飞的结局？

“搞定了。”大紫说。

“结论是啥？”

“等一下。”大紫说，“我先告诉你为什么，然后你就能知道是什么。”

“你犯了一个错误，”我说，“不问是不是，就问为什么！”

“有意见吗？”大紫清了清嗓子，嘴角瘪出倔强的弧度，“‘灵魂see’要分析两亿多微博用户的数据，根据用户在微博上的行为，来预测他们更喜欢哪种结局。”

我恍然大悟，难怪大紫在服务器旁边睡了一宿，回来的时候怒气冲冲——服务器一晚上死机35回，根本没法睡。

“我为‘灵魂see’添加了新的算法，并为它加载了人脸识别技术。在分析了海量的真人照片和照片评论后，得到一组相关关系：五官特征和共情度的关系。什么是共情度？我举个例子：你发了一张照片，我评论说‘真傻帽’，这说明，以你在这张照片上的五官，我几乎没有和你共同享有某些情感的可能；而隔壁小花看到这张照片，评论说‘敲口耐’，这说明你的五官能激发小花与你共情，她能设身处地体验你的处境、感受并理解你的情感。

“在绝大多数情况下，评论的指向性不会那么明确，比如我会评论233333，而小花会给你一个星星的emoji；确实，在个例下‘灵魂see’无法得到五官和共情度的关系，但当‘灵魂see’考察了数以亿计的照片和评论，借助海量数据，它就能窥探怎样的五官能令人产生多大程度的共情，继而计算出共情指数。共情指数越高的人，人们越容易移情于他们，越容易被他们打动，这与颜值有关，但不必然——比如王宝强演傻根的那张脸，共情指数93；反观《窃听风云》的吴彦祖，共情指数82；而我们的渣男同学，共情指数99.8。

“因此，当渣男决定重新做人的时候，人们对这张脸上的五官的强烈共情，使得人们更倾向于让他实现愿望，所以，真相只有一个。”大紫左手插袋，右手戟指向我——

“故事的最后，两人复合。”

塞翁失马，焉知非福。

我们给渣男的灵魂篇章得到一万多赞，3000多转发。网友对我的评价180度逆转，称赞我是史上最暖的作家，而我则以这个事件为契机，名声大噪。

“该赚钱了。”大紫说。

“灵魂Maker”和“灵魂see”完美兼容，再将“灵魂see”与我的微博@吴厘欧巴绑定，三位一体，建立起灵魂车间。车间的入口是一篇微博博文，博文没有内容，但接受打赏，打赏一经接收，“灵魂see”随即运作，自动查找并分析该打赏用户的社交网络，将分析结果输入“灵魂Maker”；“灵魂Maker”为用户量身打造十篇灵魂篇章，输出成epub格式电子书，发送到该用户的私信箱。

打赏金额随意，只要打赏，就给写书。用户的打赏多则50元，少则5毛，平均一块五，打赏超过5块的用户，灵魂车间会自动分配两倍的运算资源。

一个月内，我们收到打赏86531次，收入十多万。我们买了一台性能更强的服务器，剩下的钱买了粉丝头条和大V广告。

大紫和我三七开，他七，我三，半年内，收入将近百万。平时，大紫定期给系统做维护，而我要面对纷至沓来的出版公司。我从“灵魂Maker”制作的海量篇章中随机挑选出十篇集成一册，上市即大卖。

大紫很骄傲，我也是。我们垄断了整个灵魂小说界，曾经风头最劲的灵魂作家也甘拜下风，并且他们发现了一个糟糕的现状：

他们想写的都已经被写完，以至于无论写什么，都像极了抄袭。